www.tredition.de

AF217631

Martin Mylonas

Die Schattenseite
der Macht

Aufstieg und Fall des L. Annaeus Seneca

www.tredition.de

© 2017 Martin Mylonas

Verlag und Druck: tredition GmbH, Grindelallee 188, 20144 Hamburg

ISBN

978-3-7439-5972-9 (Paperback)
978-3-7439-6005-3 (Hardcover)
978-3-7439-5973-6 (e-Book)

Martin Mylonas

Die Schattenseite der Macht

Aufstieg und Fall des L. Annaeus Seneca

Ein Lesedrama
in 13 Szenen

Das Drama handelt vom Aufstieg und Fall des Politikers, Dichters und Philosophen Lucius Annaeus Seneca, der im Jahre 49 n. Chr. aus langjähriger Verbannung überraschend an den römischen Kaiserhof berufen wird. Er soll als Erzieher den jungen Nero, der von seiner Mutter als Thronfolger vorgesehen ist, auf seine Rolle vorbereiten. Als im Jahre 54 n. Chr. der noch jugendliche Nero tatsächlich den Thron besteigt, fällt Seneca mit seinem Mitstreiter Burrus eine weit größere Aufgabe zu: Im Wesentlichen sind sie es, die für lange Jahre die Politik des römischen Weltreiches bestimmen. Beide tun dies erfolgreich, während der exzentrische Nero vor allem seiner Leidenschaft für die Künste wie auch für Wagenrennen frönt.

Kaiser ist Nero, aber Seneca verfügt mit seinem Mitstreiter über eine ungeheure Machtfülle. Dabei unterliegen sie den unweigerlichen Zwängen solcher Machtausübung. Denn zu gleicher Zeit geschehen – abgesehen von den ungewöhnlichen Eskapaden Neros – einige Verwandtenmorde am Kaiserhof, über die Seneca und sein Mitstreiter im Sinne der Staatsraison hinwegsehen müssen; der Kaiser überhäuft sie mit großzügigen Geschenken. Kritiker werfen daraufhin Seneca, der zu einem der reichsten Männer Roms wird, doppelte Moral vor. Denn in seinen Schriften preist dieser die Geringschätzung des Reichtums und möchte zu einer Haltung anleiten, die über die richtige sittliche Wahl zu einem gelingenden Leben führt.

Nach dem Tod seines Mitstreiters versucht der inzwischen isolierte Seneca, sich aus der politischen Verantwortung zu lösen und seinen Reichtum dem Kaiser zurückzugeben: Nero geht darauf nicht ein, Seneca zieht sich dennoch zurück. Nachdem er jeglichen Einfluss am Kaiserhof verloren hat, kommt es 65 n. Chr. zu dem bedrohlichen Vorwurf, Seneca habe sich an einer Verschwörung gegen seinen einstigen Schüler Nero beteiligt.

Personen[1]

Lúcius Annaéus Séneca Politiker, Schriftsteller und Verfasser philosophischer Schriften

Claúdius Néro der Kaiser Nero

Agrippína die Jüngere Mutter Neros

Séxtus Afránius Búrrus Präfekt der kaiserlichen Leibgarde und Mitstreiter Senecas

Eúdoxus Sekretär und Kanzleichef Senecas

Hássan und Sýrus Diener Senecas

Alexander und Chaíremon zwei Griechen, die Seneca bei der Erziehung Neros unterstützen

Títus Tárdus Hafenmeister in Ostia

Valeriánus Lateránus, Aemílius Rúfus   zwei Senatoren

Xénophon   ein Arzt

Antígonos   ein Bettelphilosoph

Gaius Scaévola ein Jurist

Titus Petrónius   Lebemann, Schriftsteller u. Neros Zeremonienmeister

Búlbula   Ehefrau des Wirtes Bulbulus

Gávius Silvánus   ein Offizier der Prätorianergarde

Serénus   ein Verwandter Senecas

Polýklitus   ein kaiserlicher Gesandter

Acte   Geliebte Neros

I

An einem Kai in Ostia, dem Hafen Roms: Der Hafenmeister Titus Tardus geht entschlossenen Schrittes und mit drohend erhobenem Arm auf einen jungen Mann zu, der mit seinem Reisewagen am Kai wartet.

Titus:	He, du da, was treibst du hier schon seit Tagen? Wer bist du?
Eudoxus:	Eudoxus ist mein Name.
Titus:	Ist das alles, was dir einfällt? Bist du hier gestrandet? Was führst du im Schilde? Mach, dass du weiterkommst! Wenn ein Schiff entladen werden muss, verstellst du den Schauerleuten den Weg zu den Lagerhallen.
Eudoxus:	Ja, wenn! Aber das scheint vorerst ein eher hypothetischer Fall zu sein. Oder siehst du ein Schiff am Horizont, von Schauerleuten ganz zu schweigen? Dabei warte auch ich auf ein Schiff, und klar, nicht so sehr auf das Schiff wie auf dessen Ladung. Ist jedenfalls eine ganz besondere: Es geht um einen Reisenden, den ich für meine Auftraggeberin, eine Dame von ganz oben, hier abholen soll.
Titus:	So, so, hier abholen! Und woher soll der feine Reisende kommen?
Eudoxus:	Aus Korsika.

Titus:	Aus Korsika! Da wird sich die feine Dame von ganz oben gedulden müssen, bis der Südost abflaut. Eher wird sich kein korsisches Schiff in Roms Hafen verirren. Doch du machst mich neugierig: Das gibt es nicht alle Tage, dass eine Dame ihren Liebhaber mit dem Reisewagen gleich an der Anlegestelle abfangen lässt. Muss ein ganz besonderes Exemplar sein! Und erst die Dame!
Eudoxus:	Deren Name tut nichts zur Sache. Doch wenn du das Ohr am Volk hast: Über den Reisenden spricht ganz Rom, seit unser Kaiser Claudius ihn begnadigt hat. Wurde auch Zeit: Acht lange Jahre auf diesem gottverlassenen Stückchen Erde im Tyrrhenischen Meer! Manche sagen zwar, Aleria, wohin er verbannt war, sei ein wichtiger Stützpunkt der römischen Flotte und es gebe dort sogar einen kaiserlichen Statthalter. Doch was heißt das schon?

Da bekommt einer den Befehl: Brich in Rom alle Brücken ab, begib dich nach Korsika! Rückkehr vielleicht, irgendwann. Was erwartet ihn dort? Ein Umschlagplatz für Holz, Silber und Blei. Vor ihm das raue Meer und ab und zu ein Schiff, hinter ihm nichts als Wald. Schafe und Ziegen, grobe, ungepflegte Kerle, wohin du blickst. Willst du …

Titus:	Wissen will ich, wie der feine Kavalier heißt, wenn du mir schon die Dame verschweigst. Du wirst ja richtig gesprächig, auch wenn du mit vielen Worten das umschiffst, was mich eigentlich interessiert.
Eudoxus:	Na, über wen spricht ganz Rom? Über diesen Lucius Annaeus Seneca, seit er begnadigt wurde!
Titus:	Ja, doch! Von ihm gehört hab ich schon, auch wenn ich mich weder an ihn noch an seine Verbannung erinnere. Ist auch zu lange her. Seitensprünge am Hof, erzählen die Leute, haben sie dem Burschen damals vorgeworfen. Und jetzt holt man ihn zurück, weil keiner so gut springt wie er?
Eudoxus:	Ach, was! Gerede der Leute! Das mit den Seitensprüngen war ein Vorwand. In Wahrheit ging es um ganz anderes. Er hat sich mit seinem Auftreten als Anwalt bei denen ganz oben unbeliebt gemacht. Die wissen nur zu gut, wenn einer das juristische Argumentieren so beherrscht wie er, ist er zu allem fähig, so er denn will. Außerdem: Wer von denen schaut schon ruhig zu, wenn ein Untergebener ihn mit Worten in den Schatten stellt? Also musste dieser Seneca weg, am besten weit weg, dahin, von wo kein Laut nach Rom herüberdringt. Einen Vorwand findet man immer, Bettgeschichten sind

einer der harmlosen, aber der besonders wirksamen Art. Da spitzen die Leute sofort die Ohren, ihre Phantasie läuft heiß, und das brennt sich dann in ihren Köpfen ein. Wird schon was dran sein, sagen sie, verdient hat er's bestimmt!

Titus: Du sagst, das Reden hat ihm das Genick gebrochen. Wird er ab sofort in Rom den stummen Fisch mimen? Er will doch nicht schon bald das nächste Eiland kennenlernen?

Eudoxus: Nein, nein, seine Stärken sind diesmal gefragt, aber nicht die, an die du gleich wieder denkst. Doch darüber darf ich nicht sprechen. Staatsgeheimnis!

Titus: So, ein Staatsgeheimnis hütest du! Na, dann soll er sich mal in Acht nehmen im Wespennest der Macht, dein … Wie sagtest du noch mal?

Eudoxus: Lucius Annaeus Seneca!

Titus: Genau! Jedenfalls lebt unsereiner weniger gefährlich: Bin hier weit genug entfernt von den Mächtigen, so dass ich mir kaum die Finger an ihren Machenschaften verbrennen werde, andererseits ihnen doch noch so nahe, dass ich nicht mit den klammen Fingern des kleinen Mannes vorliebnehmen muss.

Der Hafenmeister macht eine Pause, mustert seinen Gesprächspartner gründlich und denkt nach.

Aber was dich betrifft: Eine feine Dame von ganz oben, sagtest du? Wenn du wirklich mit besonderem Auftrag unterwegs bist: Fahr meinetwegen den Wagen ein wenig zur Seite, wann immer du herkommst. Damit er nicht im Weg steht! Und einen kräftigen Nord-West wünsch ich dir und deinen Ochsen, damit ihr hier nicht Wurzeln schlagt.

II

Im Innenhof einer kaiserlichen Villa begegnen sich Agrippina die Jüngere und Seneca. In geziemendem Abstand wartet Eudoxus.

Seneca: Seid gegrüßt, erhabene Kaiserin. Wer hätte vor einem Jahrzehnt diesen Aufstieg vorhersehen können, auch wenn ich schon damals keine kannte, die dessen würdiger gewesen wäre als Ihr. Ein gütiges Schicksal findet doch stets den Weg zu denen, die es auszeichnen will. Wie angenehm ist es deshalb, nach langer Entehrung zurück in der Hauptstadt des Imperiums und dem Zentrum der Welt hier an diesem schattigen Ort Euch die verdiente Ehrerbietung zu erweisen. Die zivilisierte, was sag ich, die kultivierte Welt reicht mir in Eurer Gestalt die Hand zum Willkommensgruß.

Er verbeugt sich artig zu einer Art Handkuss.

Agrippina: Schmunzelt verhalten. Ihr habt zwar lange unter Barbaren gehaust, Seneca, doch Ihr versteht es noch immer, Komplimente zu machen wie einst. Ihr spracht von meinen Verdiensten! Solche habt ohne Zweifel auch Ihr. Deshalb hat das Schicksal …

Seneca: Dessen treibende Kraft Ihr wart, wie man mir sagt.

Agrippina:	Da folgte ich einer Überzeugung tief in meinem Innern: Man muss dem Schicksal auf die Sprünge helfen!
Seneca:	Und ich dachte, man müsse ihm willig folgen, dürfe sich ihm nicht in den Weg stellen, will man nicht Schiffbruch erleiden!
Agrippina:	Ist's das Schicksal, der Zufall oder eine Gottheit, die alles steuert? Das hat Euch, wenn ich mich recht entsinne, damals schon umgetrieben. Ihr habt es wohl in schwerer Zeit beibehalten, in den Säulenhallen über Gott und die Welt nachzudenken oder zu disputieren?
Seneca:	Ihr habt recht: Das Zwiegespräch mit den großen Denkern der Vergangenheit war mir schon immer unverzichtbar. Aber es war in der Ödnis auch das, Agrippina, was mich als Mensch überleben ließ. Freilich, statt unter Säulenhallen spazierte ich dort unter Bäumen, und den einzigen Gesprächspartner hatte ich in mir selbst! Da muss einer höllisch aufpassen: Allzu leicht schleichen sich Trugschlüsse ins Denken ein, wenn die Widerrede fehlt.
Agrippina:	Lacht. War das nicht unser Cicero, der behauptete, nie sei er weniger allein, als wenn er allein sei?
Seneca:	Doch, aber allein zu sein, nur seinen Gedanken nachgehen zu können, das ist ein launisches

Glück. Es ist verlockend, solange es ein knappes Gut ist, im Trubel der Großstadt eben. Ist's aber dein steter Gesellschafter, musst du dir schon viel einfallen lassen, damit es dir nicht den Verstand raubt. Auch deshalb hab ich meine Studien eifriger betrieben als je zuvor. Doch was meine Begnadigung betrifft: Wenn ich die Vermutung wagen darf, dann hat Agrippina dem Schicksal nicht so ganz uneigennützig unter die Arme gegriffen. Sagt, was habt Ihr, was hat der Kaiser mit mir vor!

Agrippina: Ihr wisst, Seneca, dass ich damals, als auch ich für kurze Zeit in die Verbannung musste, einen zweijährigen Sohn zurückließ, den Claudius Nero, damals noch Lucius Domitius. Wenn einer eines Tages Kaiser Claudius auf den Thron folgen wird, dann mein Nero, nicht dieser Bastard einer Hure und Giftmischerin.

Seneca: Ihr sprecht von Britannicus, Messalinas Sohn?

Agrippina: Es ehrt Euch, dass Ihr das nicht anders seht als ich. Doch zurück zu Claudius Nero.

Seneca: Wie kommt Euer Lucius Domitius zu dem erlauchten Namen?

Agrippina: Ihr wisst, dass ich inzwischen Claudius' Gemahlin…

Seneca: Sicher, das drang als Neuigkeit bis nach Korsika vor. Doch wie habt Ihr das erreicht, dass

Ihr Euren Oheim ehelichen durftet? Die Juristen …?

Agrippina: Die Juristen haben gestritten, der Senat hat's beraten, der Senat hat's abgenickt, der Senat hat applaudiert!

Seneca: Wem? Sich selbst?

Agrippina: Sie applaudieren allem, was auf die Tagesordnung kommt, ohne zu zögern auch sich selbst. Und danach hat Kaiser Claudius den Sohn, den ich mit in die Ehe brachte, adoptiert. Lucius Domitius Ahenobarbus, immerhin ein Enkel des Germanicus, wurde so Claudius Nero. Damit notgedrungen auch ein Bruder von Messalinas Bastard, diesem Britannicus. Das Wichtigste aber: Nero ist ihm trotz seiner Jugend um einige Jahre voraus! Das wird am Ziel der entscheidende Vorsprung sein.

Doch zu meinem Anliegen: Der Junge ist ein Rohdiamant, einer, der bearbeitet werden muss. Er hat als Junge die üblichen Schulmeister als Lehrer gehabt. Nicht der Rede wert! Doch nun fehlt der Vater, der ihm beibrächte, wie man in der Öffentlichkeit auftritt, es fehlt einer, der ihm mit seinen Reden Vorbild wäre. Wer, dachte ich mir, könnte hier im Zentrum der Welt das besser als Ihr, Seneca. Ihr wart stets ein gefeierter Redner! Kaiser Claudius, sein Adoptivvater, kommt dafür nicht in Frage. Soll er doch seinem

Bastard Britannicus das Hinken und Stottern beibringen! – Ich denke freilich, was Euren Auftrag betrifft, nicht an die üblichen Schattenspiele einer Schulstube, ich denke an große Auftritte vor echten Römern.

Seneca: Große Auftritte? Wie sollte ich das einrichten? Ich komme als Privatmann zurück, als einer ohne Amt, einer, der sich neu orientieren muss.

Agrippina: Ihr werdet, dafür habe ich bereits gesorgt, binnen kurzer Zeit zum Prätor ernannt. Da ergibt sich die juristische und politische Tätigkeit von selbst. So kann der Junge Euch Tag für Tag begleiten, aufs Forum oder in den Senat, und er wird endlich fürs Leben lernen, nicht für die Schule.

Seneca: Von der öffentlichen Rede sprecht Ihr? So sehr diese meiner Neigung entspricht, so sehr ich damit in die Fußstapfen meines Vaters trat: Ausgerechnet sie hat mir lange Jahre des verzweifelten Selbstgespräches eingebracht. Und nach allem, was selbst zu mir ans Ende der Welt vordrang: Auf dem Forum erwarten den Redner nicht weniger Stolpersteine als damals.

Agrippina: Seid darum unbesorgt, Seneca! Sie lächelt spöttisch. Vom Selbstgespräch zum großen Monolog auf dem Forum ist es eh nur ein Schritt. Ihr seid also bestens vorbereitet. Und was die Gefahr des Stolperns betrifft: Wir werden Euch einen tüchtigen Chef der kaiserlichen Garde zur Seite stellen. Aufrichtig, loyal und allseits geachtet. Der wird Neider und anderes Gesindel von Amts wegen auf Distanz halten.

Seneca: Aufrichtig, loyal? Ihr macht mich neugierig: Wo nehmt ihr solch einen Zeitgenossen her? Ihr kennt doch die Geschichte von jenem Bettelphilosophen, der in Athen am helllichten Tag solch einen Menschen mit der Laterne suchte. Vergeblich, sagt man.

Agrippina: So einen zaubert nicht der Zufall, schon gar nicht ein Philosoph herbei. Ihr müsst die Augen offenhalten und wieder im rechten Moment dem Schicksal auf die Sprünge helfen. Ein wenig Geduld noch: Ihr werdet ihn bald kennenlernen. Und dann: Dieser Eudoxus, der Euch hierher begleitet hat und Euch in geziemendem Abstand folgt, auch der ist ganz für Euch bestimmt. Ein vielversprechender junger Mann, ein Freigelassener, der mit einer Erbschaft in meinen Besitz kam. Ich vermache ihn Euch, er wird Euch als Schreiber, Bibliothekar und Leiter der Kanzlei beste Dienste leisten.

Doch vergesst bei all Eurem Tun eines nicht, Seneca: Mein Claudius Nero wird demnächst das Zepter von seinem Stiefvater übernehmen.

	Es geht dabei um die Herrschaft über das römische Weltreich!
Seneca:	Soll? Demnächst?
Agrippina:	Wird! Den Zeitpunkt legen wir noch fest. Lacht. Gemeinsam mit dem Schicksal! Über einen beeindruckenden Auftritt und eine überzeugende Redegabe, das sagte ich Euch bereits, muss er dann verfügen. Doch verschont ihn mit der Poesie, lasst ihn an der Philosophie allenfalls schnuppern. Seine Lehrer in der Schule haben ihn mit beidem schon mehr infiziert, als es guttut. Noch mehr davon, und er wird zum Herrscher nicht mehr taugen. Ihr wisst, wie viele dies Zeugs von der politischen Bahn abgehalten hat!
Seneca:	Lächelt nachsichtig. Ich verspreche Euch: wohldosiert, nicht mehr als nötig! Doch ohne die beiden ist jede Rede ein unansehnlicher Körper, einer ohne stützendes Gerüst. Und ohne Einsicht in die Natur aller Dinge kann kein Leben wirklich gelingen.
Agrippina:	Ohne Tatkraft erst recht nicht! Geht also ans Werk!
Seneca:	Wie ich sehe, gebt Ihr mir keine Bedenkzeit, geht vielmehr davon aus, dass ich Euren Auftrag ohne Zögern akzeptiere?

Agrippina:	*Betont kühl.* Vergesst nie, Seneca, wer Euch aus der Verbannung zurückgerufen hat! Claudius war unter mir nur ausführendes Organ. *Wieder versöhnlicher.* Und abgesehen davon: Es soll in jeder Hinsicht nicht zu Eurem Nachteil sein!
Seneca:	Glaubt nicht, dass etwa der Reichtum mich locken könnte. Es sind, wenn ich Euch folge, alleine Pflicht und Ehre, die rufen.
Agrippina:	*Lächelt beinahe spöttisch.* Das ist die rechte Basis für unsere Zusammenarbeit. Auf die Pflicht, Seneca!

Agrippina reicht ihm, um die Vereinbarung zu besiegeln, die Hand. Seneca verabschiedet sich, nicht ohne eine Einladung zu einem abendlichen Gelage zu erhalten, wobei er sich versichern lässt, dass Claudius, der amtierende Kaiser, daran nicht teilnehmen wird. Dem trägt er noch immer nach, dass der ihn so lange in der Verbannung ausharren ließ.

III

In einer Palastanlage, die aus der Zeit des Kaisers Tiberius stammt: Ein Saal, der zu einer Seite hin mit großen, verschiebbaren Türen verschlossen ist und nach hinten den Blick auf einen Garten mit Säulenumgang freigibt. An einem Stehpult lehnt Eudoxus, inzwischen Senecas Privatsekretär und Kanzleichef. Rechts und links an den Wänden, die durch weitere Türen unterbrochen sind, sitzen einige Schreiber über Manuskripte gebeugt. Schließlich Hassan, ein Nubier, der als eine Art Laufbursche fungiert.

Hassan:	Melde: Die Senatoren Valerianus Lateranus und Aemilius Rufus sind gerade gekommen. Sie sprechen von einem dringenden Anliegen, wollen unbedingt unseren Herrn sprechen.
Eudoxus:	Unbedingt? Voraussetzung dafür wäre, dass er anwesend ist. Sag ihnen: Seneca ist außer Haus. Er wird erst am Nachmittag zurückkehren.
Hassan:	Sie scheinen unwillig zu sein und danach zu urteilen, wie die beiden auftreten, lassen die sich von mir nicht abweisen. Auch nicht mit triftigen Gründen.
Eudoxus:	Dann führ sie eben herein.

Hassan verlässt den Raum durch eine der Seitentüren und kehrt gleich darauf mit den Senatoren zurück.

Valerianus:	Wir müssen dringend Seneca sprechen, Eudoxus. Die Sache duldet keinen Aufschub!
Eudoxus:	Die Sache oder Ihr?

Aemilius:	Keine Sophistereien! Er kann uns nicht warten lassen wie seine Klientenschar da draußen!
Eudoxus:	Halblaut. Klienten sind wir letztlich alle. Dann deutlicher. Tut mir leid, Ihr Herren, Seneca ist wirklich ausgeflogen. Er hatte einen schweren Asthmaanfall am frühen Morgen. Nachdem sich der gelegt hatte, ist er mit seinem Schüler Nero zur Einweihung einer kleinen Probebühne draußen an der Via Appia aufgebrochen. Die frische Luft wird ihm guttun. Er wird kaum vor dem späten Nachmittag zurück sein.
Aemilius:	Dann kannst du als sein Sekretär uns sicher sagen, ob Seneca bei den Regularien für Claudius Neros Ehe mit Claudia, der Tochter unseres Kaisers Claudius, schon zu einem Ergebnis gelangt ist. Die Sache eilt, der Senat möchte bald entscheiden.
Eudoxus:	Ich bin mit der Sache nicht direkt befasst, doch ich weiß: Seneca hat drei Juristen beauftragt, eine Lösung zu finden. Ob die schon einen gemeinsamen Plan vorgelegt haben, entzieht sich meiner Kenntnis. Gut möglich, dass jeder von denen eine andere Lösung zu bieten hat. Das Beste wird sein, die Herren kommen nochmals, wenn mein Herr zurück ist. Ich werde ihm von Eurem Besuch berichten. Kann ich sonst noch etwas für die Herren tun?

Die Senatoren sind sichtbar unzufrieden, fügen sich jedoch. Sie gehen auf Hassan zu, der sie nach draußen begleitet.

Eudoxus: Kopfschüttelnd und halblaut zu sich selbst. Übertrieben, aber typisch für diese Leute: Ruhelos und unzufrieden, weil sie unterbeschäftigt sind! Letztlich wird alles wie immer ablaufen: Seneca wird eine gut vorbereitete Vorlage im Senat einbringen und dessen Mitglieder werden mit Blick auf den jetzigen wie auch den künftigen Herrscher sich gegenseitig darin überbieten, dieser Vorlage zuzustimmen.

Hassan kommt erneut herein, diesmal den Arzt Xenophon an seiner Seite, drei junge Mediziner in Ausbildung folgen beiden. Xenophon gestikuliert aufgeregt.

Xenophon: Eudoxus, wie geht es Seneca, eurem Herrn? Ich war bei einem Patienten vor den Toren der Stadt. Da platzte dieser Syrus herein und war so außer Atem, dass er kein Wort herausbrachte. Als er sich etwas beruhigt hatte, erfuhr ich, dass Seneca unter extremer Atemnot litt. Syrus nicht weniger, doch der nur vom Dauerlauf. Ich fürchte, ich kann vorerst gar nichts für euch tun. Hassan hat mir schon gesagt, dass euer Herr nicht zuhause ist. Bleibt ohnehin nur: frische Luft, aufrechte Lage des Oberkörpers, Sekret abhusten. Aber ich habe ihm eine Arznei für sein Asthma mitgebracht: eine Lösung auf Thymianbasis. Wir sollten herausfinden, ob das seine Beschwerden lindert, regelmäßige Einnahme vorausgesetzt. Grüß ihn von mir, ich komme morgen ganz bestimmt gleich in der Frühe. Benötigt hier sonst noch jemand meine Dienste?

Eudoxus: Verstehe, so ließen sich mehrere Fliegen mit einer Klappe schlagen: Das würde deine Besuche lohnender machen! Doch danke der Nachfrage, Xenophon, unsere robuste Physis kann dem Medicus keine zusätzliche Beschäftigung bieten. Wir erwarten dich also morgen in der Frühe.

Hassan begleitet den Arzt samt seinem Gefolge durch eine der Seitentüren und kommt dann zurück.

Hassan: Soll ich jetzt die Klienten hereinführen? Die Leute werden allmählich unruhig, sie stehen seit Stunden in der Vorhalle.

Eudoxus: Führe sie, oder besser, führe ihren Meinungsführer herein, vielleicht kann ich sie so beruhigen, wenn ich schon keine Sitzgelegenheiten für sie habe. Und wenn du sie danach hinausführst, sorg dafür, dass unser Kassenwart einem jeden seinen Obolus aushändigt. Das wird sie für die lange Wartezeit entschädigen.

Hassan schiebt die großen Holztüren zur Seite, was den Blick auf die Klientenschar in der Eingangshalle freigibt.

Ein Sprecher der Klienten: Er tritt schnell nach vorne.   Wir warten wie immer seit dem frühen Morgen auf unseren Herrn, den Annaeus Seneca. Aber so lange hat es noch nie gedauert, bis wir vorgelassen wurden. Wenn wir heute wieder nach Hause kommen, bleibt kaum noch Zeit für die Bestellung unserer Felder. Das macht die allgemeine Getreideknappheit und die steigenden Preise noch unerträglicher. Wovon sollen wir bloß unsere Familien ernähren?

Eudoxus: Seneca, unser aller Herr, hatte heute Morgen die bekannten Probleme mit seiner Atmung. Deshalb konnte er euch nicht empfangen. Danach – er war schon etwas verspätet – musste er zu seinem kaiserlichen Zögling. Ich habe aber unseren Buchhalter angewiesen, einem jeden von euch einen Obolus auszuzahlen. Wir sind doch keine Unmenschen. Und der Getreidepreis wird sinken, sobald die Schiffe aus Ägypten eingetroffen sind. Die stürmische See hat ihn nach oben getrieben.

ein Klient: Halblaut von draußen.   Oder die Spekulanten!

Die Klienten verneigen sich, einer stammelt etwas von Dank, ein anderer scheint nach wie vor verärgert. Doch dann trotten alle Hassan hinterher, der sie in die große Vorhalle führt, wo sie sich vor dem Buchhalter in langer Reihe aufstellen. Hassan schließt die Tür, geht auf eine der Seitentüren zu und führt einen ungepflegten Mann mittleren Alters in schäbiger Kleidung herein. Eudoxus scheint bereits informiert zu sein.

Eudoxus: Antigonos!

Antigonos: Ihr kennt mich?

Eudoxus: Wer nicht? Ein schrecklicher Ruf eilt dir hinterher, aber da du durch die Lande nur bummelst, ist er eher am Ziel als der Kerl selbst.

Antigonos: Schrecklich? Was, bitte, soll an mir schrecklich sein?

Eudoxus: Na, was schon? Man merkt, du scheust das Wasser. Nimm deshalb etwas mehr Abstand, schone meine Nase. Zweitens sagt man, du seist ein elender Schnorrer. Wir müssen deshalb alles im Auge behalten, was nicht niet- und nagelfest ist.

Antigonos: Mein großes Vorbild, der Antisthenes, sagt: Wer um sein Hab und Gut besorgt ist, der macht sich zum Sklaven von Dingen, die uns nichts bedeuten sollten. Und wenn ich nicht falsch unterrichtet bin, lobt das auch dein Herr Seneca, wenn einer so gar nicht an seinem Besitz klebt. So wie ich! Obwohl, wenn ich mich hier umschaue … Gar nicht schlecht, dieser Seneca! Edelste Materialien, soweit mein Auge reicht. Wo ist er übrigens?

Eudoxus: Wer?

Antigonos: Hört er mir überhaupt zu? Von wem rede ich denn? Es geht um den großen Seneca, der seit jeher ein Herz für durchreisende Philosophen hat – behaupten jedenfalls alle.

Eudoxus: Unser Seneca ist verreist, es kann viele Tage dauern, bis er zurückkommt. Du klopfst also vergeblich an. Aber unser Hassan wird dir den Weg zu einem Philosophentreff vor den Toren der Stadt zeigen. Wer weiß, wenn du eine nicht allzu abgehangene Theorie parat hast, auch nicht gerade die, welche du bei deiner vorigen Einkehr aufgeschnappt hast, dann bieten sie dir vorübergehend ein Lager an und eine Gelegenheit zum Disputieren. Wasser zum Waschen wäre auch nicht schlecht, oder besser, du steigst vorher in den Tiber!

Antigonos: Vorübergehend kann nur heißen: Bis der große Seneca wieder zurück ist. Denn in eine ordentliche Disputation mit ihm möchte ich schon eintreten. Und werde ihm dabei nicht verschweigen, wie unverschämt du unsereinen behandelst!

Eudoxus gibt Hassan ein unmissverständliches Zeichen, den durchreisenden Bettelphilosophen hinauszuführen. Als beide den Raum verlassen haben, löst er sich von seinem Pult, schaut wortlos einem Schreiber über die Schulter und begibt sich unter den Säulenumgang im Garten.

Eudoxus: *Zu sich selbst.* Eudoxus, worauf hast du dich nur eingelassen! Ich hätte die Entwicklung vielleicht erahnen können, als ich Annaeus Seneca in Ostia abholte. Doch ich habe anderes erwartet, habe mir etwas vorgemacht: Der hat seine schlimmen Erfahrungen mit dem Herrscherhaus gemacht, der wird den nötigen Abstand zur Politik wahren, dachte ich. Wird sich vor allem seinen Studien widmen. Da braucht er vielleicht einen Sekretär. Wäre eine Bombenstellung für mich, auch was meine eigenen Studien betrifft. War ein Irrtum! Ich hätte es wissen können: Ein Römer, der einmal an Ämtern geschnuppert hat, der die Öffentlichkeit braucht und lange vermisst hat, der verliert sich nicht einfach irgendwo ins Verborgene – sofern er eine bessere Option hat.

Und dann kam diese Agrippina mit dem Angebot, ihren Filius, nein, was sag ich, den künftigen Herrscher des Imperiums zu erziehen. Als ob das Renommee eines Senators nicht genug wäre, hier musste ein Seneca endgültig schwach werden. Und ich hätte gewarnt sein müssen. Was hat dieses Schicksal, genannt Agrippina, nicht alles wie Perlen hübsch an einer Kette aufgereiht: Erst wurde Agrippina Frau und Mitregentin unseres Kaisers Claudius, gleich darauf wurde ihr Nero von Claudius adoptiert, obwohl der doch mit Britannicus schon einen Sohn und Thronfolger hat. Nicht schlecht! Dann wird Nero mit der Tochter des Claudius verlobt, demnächst verheiratet, und er wird schließlich ein paar Jahre vor seinem neugewonnenen Stiefbruder Britannicus mündig. Aufgepasst: Agrippina hat dem Schicksal nicht nur auf die Sprünge geholfen, nein, sie treibt es unbarmherzig vor sich her. Ob meinem Herrn klar ist, worauf er sich da eingelassen hat? Ist einerseits furchtbar aufregend, es kommen interessante Leute ins Haus, es gibt für Seneca jede Menge zu tun. Doch in Folge bleibt auch an mir nicht wenig hängen. Uns geht es beiden wie einem, der in einen reißenden Winterfluss gefallen ist: Entweder du schwimmst mit dem Strom oder ein Strudel drückt dich unter Wasser – auf Nimmerwiedersehen.

So geht das nun tagein, tagaus. Wenn du denn am Abend Zeit hast, Eudoxus, dein Tagewerk zu überdenken, fragst du dich: Was hast du heute für dich selbst erreicht? Rinnt auch dir, was Seneca so gerne anprangert, das Leben wie Sand zwischen den Fingern dahin! Bist du als Mensch auch nur ein Stückchen vorangekommen? Morgen, ermahnst du dich dann, wirst du alles besser machen! Und gleich am nächsten Tag hast du wieder keine Chance, dem Getriebe und Geschiebe zu entkommen. Ich muss schon froh sein, dass ich für Seneca und seine Mitstreiter die Lektüren für die Erziehung ihres Zöglings besorgen darf: Mal den Vergil oder Ovid, dann eine Schrift von Aristoteles oder Panaitios. Zum Disputieren aber komme ich kaum noch. Stattdessen redigiere ich die Schriften meines Herrn, der dafür immerhin noch etwas Zeit hat. Ich für meinen Teil muss meine Pläne hintanstellen! Halt aus, mein Herz –

Während Eudoxus sein Schicksal in einem Selbstgespräch beklagt, ist von diesem unbemerkt der Prätorianerpräfekt Burrus mit kleinem Gefolge angekommen, hat aber zunächst im Schatten einer Säule innegehalten. Jetzt tritt er in den von der Sonne ausgeleuchteten Garten und steht plötzlich dem verlegenen Eudoxus gegenüber.

Burrus: – du hast schon Schlimmeres ertragen! So fährt, wenn ich mich nicht irre, Odysseus in seinem Selbstgespräch fort. Tut mir leid, Eudoxus, es steckt keine Absicht dahinter. Ich bin unwillentlich Zeuge deiner Klagen geworden. Du stellst eine reichlich düstere Bilanz auf!

Weißt du denn, wo du bist? Da, wo das Herz dieser Welt pulsiert, Gehilfe eines mächtigen, doch stets verständnisvollen Herrn. Dafür solltest du dankbar sein. Oder wäre es dir lieber, auf einem abgelegenen Landgut die Korrespondenz eines vielleicht griesgrämigen Alten zu erledigen? Sei dir darüber im Klaren, wer du bist und danke einem gütigen Schicksal! Was deinesgleichen fehlt, ist nicht die Schulstube eines neunmalklugen Alleswissers, es ist die harte Schule, die wir Soldaten durchlaufen. Wer die hinter sich hat, steht ohne zu murren dort, wo man ihn hingestellt hat. Ein Zurück gibt es nicht, nur den gemeinsamen Schritt nach vorn.

Eudoxus: Wo ist hier vorn und wo führt das hin?

Burrus: Du fragst wie ein Kind, nicht wie ein Soldat. Hast du nicht vorhin unüberhörbar aufgezählt, was sich seit Senecas Antritt alles ereignet hat? Und glaubst du, ihr habt den Gipfel schon erreicht? Da bleibt noch jede Menge Aufstieg.

Deshalb sei – worauf euresgleichen sich so viel einbilden – vernünftig! Erkenne, dass dich ein mächtiges Schicksal einem gütigen und ebenso mächtigen Herrn zur Seite gestellt hat. Und folge diesem Schicksal willig oder stürze ab! –

Inzwischen ist Seneca eingetreten, der noch die letzten Worte von Burrus mitbekommen hat.

Seneca   – Wie einst Icarus! Doch zu dir, Burrus, mein Freund, was führt dich zu mir?

32

Burrus:	Es geht um die Modalitäten der Hochzeit, die wir zu klären haben. Nebenbei habe ich diesem jungen Mann die Flausen ausgetrieben!
Seneca:	*Lacht.* In Letzterem bist du dank militärischer Erfahrung mir sicher weit überlegen. Doch was die Hochzeit betrifft, haben bestimmt die Juristen, die bereits in der Vorhalle warten, eine raffinierte Lösung ersonnen. Lass die Herren herein, Eudoxus!

Herein kommen drei ältere Herren, die sich vor Seneca und Burrus verneigen. Einer, offensichtlich ihr Sprecher, Gaius Scaevola, tritt einen Schritt vor.

Scaevola:	Ihr wisst, verehrte Herren, dass Claudia, die Tochter unseres Herrschers Tiberius Claudius Caesar Augustus Germanicus, zugleich die Schwester des Claudius Nero ist. Seine Schwester wurde sie zwar erst durch die Adoption des Nero durch Claudius, doch eine Ehe zwischen Bruder und Schwester erlauben unsere Gesetze nicht; das ist nicht römisch, das ist Brauch nur in orientalischen Dynastien. Wir standen also vor einem fast unlösbaren juristischen Problem!
Seneca:	*Schmunzelt.* Habt aber, wie wir Euch kennen, den Knoten statt mit dem Schwert mit juristischen Kniffen aufgetrennt.

Scaevola:	Nickt mit eifriger Miene. Wir mussten uns in der Tat ordentlich etwas einfallen lassen. Die Adoption Neros rückgängig zu machen war undenkbar!
Seneca:	Lacht. Denn für diesen Vorschlag hätte Euch seine Mutter öffentlich auspeitschen lassen!
Scaevola:	Seufzt leise, fährt dann aber entschlossener fort. Also mussten wir uns bei der anderen Partei etwas einfallen lassen. Das war nicht leicht: Wie bringt man Claudia aus der Position einer Schwester in die einer Braut, die keine Schwester mehr ist?
Seneca:	Deutlich ungeduldig. Und, wie macht man das?
Scaevola:	Die Geschichte dieses Landes bietet Präzedenzfälle in Hülle und Fülle, aus denen wir ein erfolgversprechendes Modell entwickeln konnten. Wir fanden bei unserer Recherche eine Rechtsfigur, die wie geschaffen ist, dieses Problem zu lösen. Ich spreche von der Adoption! Seit jeher haben angesehene Familien dieses Landes –
Seneca:	Nun kommt bitte zur Sache! Habt Ihr denn schon einen Adoptivvater für Claudia gefunden?
Scaevola:	Schaut erst beleidigt drein, dann selbstbewusst. Selbstverständlich haben wir das! Ohne das bliebe unsere Arbeit Stückwerk. Claudius ist sicher bereit, seine Tochter zur Adoption freizugeben,

und Gaius Octavius wird Claudia adoptieren. Damit ist sie nicht mehr Neros Schwester. Und diese Octavia stammt dann auch aus einer respektablen Familie. Es ist immerhin die des göttlichen Augustus!

Burrus: Großartig!

Seneca: In der Tat! Was du nicht alles auf den Kopf stellen kannst, wenn du über ein wenig juristischen Sachverstand verfügst. Wären die Herren auch in der Lage, Wasser den Berg hinauffließen zu lassen?

Scaevola: Kurz angebunden. Für die Lösung komplizierter juristischer Fälle sind wir zuständig, nicht für das Unmögliche. Die Herren entschuldigen uns jetzt?

Seneca nickt zustimmend, Eudoxus führt die drei Juristen nach draußen.

Burrus: War das jetzt die alles entscheidende Schlacht?

Seneca: Für Neros Mutter Agrippina ein unverzichtbarer Etappensieg, wenn auch noch nicht der alles entscheidende. Immerhin hat sie damit für ihren Sohn den Anspruch auf den Kaiserthron ein weiteres Mal gesichert. Bleibt abzuwarten, was sie im Namen des Schicksals als Nächstes anstellt.

IV

In der Palastanlage auf dem Palatin warten Alexander aus Thrakien und Chairemon, zwei griechische Gelehrte, die Seneca bei der Erziehung Neros unterstützen. Seneca kommt nach Atem ringend angelaufen.

Seneca: Seid gegrüßt, meine Freunde und Mitarbeiter.
Entschuldigt meine Verspätung. Hatte im Senat
zu tun! Die üblichen Geschäfte eben! Kandida-
ten auswählen, Ämter neu besetzen, die vertrös-
ten, die dabei übergangen wurden. – Doch zu
euch: Was gibt es Neues, was macht eure Arbeit? Macht unser Thronfolger Fortschritte?
Auf das Gespräch mit euch freue ich mich jedes
Mal. Es entschädigt mich für lange fruchtlose
Debatten im Senat und anderswo.

Alexander: Ich arbeite nach wie vor an meinem Kommen-
tar zur Logik des Aristoteles. Vor allem aber
führt mich dein Schüler in die Philosophie der
Hunderennen ein.

Seneca: Hunderennen? Philosophie?

Alexander: Er war ganz außer sich, schwärmte von schlan-
ken, hochläufigen Windhunden, sprach von deren erregtem Zittern am ganzen Körper unmittelbar vor dem Start, demonstrierte mir das mit
der Hand. Ich müsse mir das unbedingt ansehen. So kam ich zum Hunderennen, als Zu-
schauer wohlgemerkt. Nero beklagt aber, dass
du, Seneca, ihn an den großen Wetten auf die

Sieger bei diesen Rennen nicht teilnehmen lässt.

Seneca: Abgesehen davon, dass sich das für einen Kaiser in spe nicht schickt: Er kann einfach nicht verlieren. Seine Beteiligung wäre für jeden Mitspieler ein unkalkulierbares Risiko. Habt ihr wenigstens in der Naturphilosophie Fortschritte mit ihm gemacht? Ich meine: so zum Ausgleich!

Alexander: Das muss ihm in ganz kleinen Dosen verabreicht werden, am besten in einer aufregenden Verpackung. Nero ermüdet bei solchen Themen schnell. Deshalb begreife ich die Sorge seiner Mutter nicht, wir könnten ihn zu sehr zum Denken animieren. Das nehme die Unbekümmertheit, sagt sie. Und die wiederum sei für einen Tatmenschen, der er werden soll, nun mal unverzichtbar.

Seneca: Und du, du machst ähnliche Beobachtungen, Chairemon?

Chairemon: Lacht. Allerdings bewegen sich bei mir die Gespräche auf deutlich höherem Niveau als bei Alexander. Da geht es nicht um schnelle Köter, da geht es um edle Pferde und verwegene Wagenlenker im Circus Maximus. Doch auch bei mir beklagt er sich, du würdet ihn an zu kurzer Leine führen, Seneca. Zuschauen dürfe er nur aus einer Loge, dürfe nicht als Nero, schon gar nicht als der kommende Regent erkannt werden. Viel lieber würde er für die Grünen oder wenigstens für die Blauen öffentlich Partei ergreifen, würde die stinkenden Tavernen aufsuchen, in denen sich deren Anhänger treffen, würde mit denen nach Sieg oder Niederlage lautstark feiern, randalieren. Philosophie? Nicht sein Ding, wie er immer wieder sagt. Dass er die Ohren nicht ganz auf Durchzug stellt, hat mit einer Mischung aus Furcht und Respekt vor dir zu tun, Seneca.

Seneca: *Seufzt vernehmlich.* Ja, ich habe so etwas befürchtet: Aber soll er mich fürchten, solange das größere Dummheiten verhindert. Die Arbeit mit ihm ähnelt der eines Landwirts auf ausgetrocknetem, steinigem Acker. Es braucht Geduld und nochmals Geduld, damit ab und zu ein Saatkorn auf fruchtbaren Boden fällt. Aber bedenkt, wen ihr vor euch habt! Jedes Saatkorn, das eines Tages doch aufgeht, wird nicht für euch alleine Frucht tragen, vielmehr wird diese Frucht einem ganzen Imperium Nutzen bringen.

Und dann, bedenkt sein Alter! Wie viele seiner Altersgenossen sehen ein, wofür ihre Studien einmal gut sein werden? Die meisten schicken sich nur widerwillig in ihr Los, mag der Lehrer sich noch so viel einfallen lassen. Auch ich tu mich nicht leicht mit ihm. Obwohl, wenn es ums Verseschmieden oder Rezitieren geht, da

	ist er Feuer und Flamme. Und er würde am liebsten die ganze Welt zum Applaudieren einladen.
Alexander:	Wer weiß, vielleicht macht er eines Tages das ganze Imperium zum Claqueur?
Seneca:	Schüttelt entschieden den Kopf. Nein, so dürfen wir das nicht sehen: Der junge Mann hat auch gute Anlagen: Diese Triebe müssen wir zum Sprießen bringen, die anderen, so wir können, nach und nach kupieren!
Chairemon:	Du meinst mit guten Anlagen seinen Drang, überall und jederzeit auf die nächstbeste Bühne zu springen und zu deklamieren?
Seneca:	Das nun gerade nicht. Doch worum geht es bei unserem Tun: Ihm muss allmählich klarwerden, dass überall die wohlgeregelten Gesetze der Vernunft das Geschehen bestimmen, egal, ob es um den Kosmos insgesamt, das Imperium oder um den Einzelnen geht. Und dass, wer sich dieser Steuerung versagt, wer nicht erkennen will, was der Vernunft entspricht, notwendig Schiffbruch erleidet. Schlimmer, dass, wenn einer wie er einst einen Schiffbruch verursacht, ein ganzes Reich darunter leiden wird. Wenn er andererseits der Vernunft folgend das Staatsschiff wohlbehalten durch Stürme und Klippen steuert, dann wird ihm das ein ganzes Imperium mit Verehrung danken. Gerade weil er auf lauten

Beifall für sein Tun so erpicht ist, könnten wir ihn mit der Einsicht in diese Zusammenhänge am ehesten auf den rechten Weg führen!

Alexander: Glaubst du wirklich, dass die öffentliche Wertschätzung den richtigen Weg weist? Den meisten Beifall erhalten doch beim Wagenrennen die Fahrer, die so viel riskieren, dass sie sich und andere in größte Gefahr bringen. Wenn wir das zu Ende denken …

Seneca: Alexander, du hast das Zeug zum Skeptiker!

V

Auf dem Palatin am späten Vormittag in einem noch sommerlich heißen Okto-
ber. Ein älterer Mann, es ist der Prinzenerzieher Seneca, eilt keuchend auf eine
Kaserne der kaiserlichen Leibgarde zu, wo ihn im Schatten einer Arkade deren
Befehlshaber, der Präfekt Afranius Burrus, ungeduldig erwartet.

Burrus:	Dem Jupiter sei Dank, dass du so schnell gekommen bist. Ich wäre selbst zu dir gekommen, wenn ich nicht diese Truppe hier beieinander halten müsste. Derweil habe ich tausend Ängste ausgestanden, man könnte dich vielleicht nicht antreffen.
Seneca:	Ich war mit unserem Zögling beschäftigt, wir haben gemeinsam die Gestaltung der Trauerfeier und vor allem die Leichenrede für seine Tante Domitia besprochen.
Burrus:	Noch so ein Todesfall!
Seneca:	Noch so ein …?
Burrus:	Todesfall, wenn nicht mehr: Es geht diesmal um Tiberius Claudius Caesar Augustus Germanicus!
Seneca:	Großer Jupiter, ich muss mich vergewissern: Du sprichst von Kaiser Claudius persönlich?
Burrus:	Von keinem anderen. Und es kursieren bereits schlimme Gerüchte. Nichts davon darf nach draußen in die Stadt dringen. Ich habe die Zu-

gänge zum Palatin von vertrauenswürdigen Offizieren besetzen lassen, allen anderen Soldaten habe ich die strikte Anweisung gegeben, die Kaserne nicht zu verlassen. Wir müssen handeln: Sofort!

Seneca: Sofort? Wo ist Agrippina, die Witwe des Claudius?

Burrus: Nicht aufzufinden, gerade das nährt die Gerüchte. Gerüchte hin, Gerüchte her, wir müssen der Ausbreitung zuvorkommen. Wer weiß, was sie in der Stadt anrichten würden! Deshalb sollten wir sofort einen Vertrauten zu Nero schicken und ihn herführen lassen. Sofort und ohne Umwege!

Seneca: Was hast du vor?

Burrus: Was ich vorhabe, fragst du? Wenn wir Zeit verlieren, rufen sie womöglich den Britannicus zum neuen Kaiser aus. Und hat der erst die Soldaten auf seine Seite gebracht, dann auch den Senat. Er ist immerhin der leibliche Sohn des Claudius. Nero kann sich dann nur noch den Dolch geben. An uns selbst will ich im Augenblick gar nicht denken.

Seneca: Nickt nachdenklich, scheint dann entschlossen. Du hast recht. Wir sollten, nein, wir müssen unseren Zögling unverzüglich holen lassen.

Burrus eilt in die Kaserne und kommt gleich darauf in Beglei-
tung zweier Offiziere zurück, denen weist er erregt die Rich-
tung und treibt sie zur Eile an.

Burrus: Los, los, beeilt euch! Und bringt ihn unter allen
Umständen hierher, ohne Umwege und notfalls
mit Gewalt!

Die Offiziere eilen mit schnellen Schritten davon; Seneca und
Burrus ziehen sich unter die Arkaden zurück.

Seneca: Du sprachst da gerade von Gerüchten. Was genau meintest du?

Burrus: Ich habe es von einer Kammerdienerin, von Euphilia, die ich unter Androhung schlimmster
Strafen zum Schweigen verpflichtet habe.

Seneca: Was, bitte, soll sie verschweigen?

Burrus: Sie darf mit keinem Menschen darüber reden:
Euphilia hat mir im Verhör berichtet, dass ihre
Herrin Agrippina in letzter Zeit mehrmals von
Locusta aufgesucht wurde. Die beiden haben
sich dann in Agrippinas Privatgemächer zurückgezogen. Unmittelbar vor Domitias Tod
war das der Fall, gestern Abend erneut. Ich
nehme an, dir ist klar, was das bedeutet?

Seneca: Und ob! Jeder weiß: Was Locusta, diese Giftmischerin, zusammenbraut, wirkt todsicher.

Und wo sie sich aus dem Haus schleicht, nehmen noch am selben Tag die Klageweiber ihre Arbeit auf.

Ist diese Dienerin denn vertrauenswürdig? Was sollte Agrippina für ein Interesse haben?

Burrus: Ich denke schon, dass sie vertrauenswürdig ist. Sie hat das unter Androhung der Folter gestanden. Und Agrippinas Interesse? Auch dazu habe ich Wichtiges von Euphilia erfahren: Vorgestern am Abend soll es eine lautstarke Auseinandersetzung zwischen Kaiser Claudius und Agrippina gegeben haben. Er hat sie in betrunkenem Zustand als falsche Schlange beschimpft, die es nur auf die Macht für ihren Nero und sich selbst abgesehen hat. Und Claudius soll gedroht haben, er werde sich das mit Britannicus noch einmal überlegen. Schließlich sei der sein leiblicher Sohn. Außerdem ist jedermann bekannt, dass Agrippina ihren letzten Gatten ebenso schnell und entschlossen in die Unterwelt verabschiedete.

Seneca: Schüttelt den Kopf. Wo bleibt bloß Nero? Du hast recht, wir müssen tatsächlich handeln. Sofort! Und wir müssen Agrippina im Auge behalten.

Burrus: Damit sie nicht weiteren Schaden anrichtet!

Seneca schaut Burrus fragend an, als könne er dessen Antwort nicht einordnen. Doch da erscheinen schon Nero und die Offiziere, die ihn begleiten.

Nero.: Was ist geschehen? Warum lasst ihr mich von euren Offizieren vorführen? Bin ich jetzt verhaftet?

Burrus: Wenn wir uns nicht beeilen: Ja! Frag nicht lange, du musst uns jetzt absolut vertrauen. Geh mit deinen Begleitern sofort in die Kaserne, lass dich dort militärisch einkleiden, Claudius Nero. Es eilt, es geht ums Imperium Romanum, es geht um die Nachfolge des Kaisers Claudius.

Nero: Der heute Morgen ins Gras gebissen hat.

Seneca und Burrus sehen sich irritiert an. Burrus fasst sich als erster.

Burrus: Harsch. Los, beeile dich! Die Alternative ist jetzt: Herrscher über ein Weltreich oder von den Schergen eines Britannicus gehetzter Stiefbruder.

Nero eilt mit einem der Offiziere in die Kaserne und kehrt wenig später mit Waffenrock, Schienenpanzer und Kurzschwert zurück. Burrus geht auf die beiden zu, zupft ein wenig am Waffenrock, mustert Nero zustimmend und fasst ihn an der Hand.

Burrus:	Jetzt oder nie! Und Haltung bitte! Dass du dich freigiebig zu zeigen hast, versteht sich von selbst.
Nero.:	Wer bald alles hat, kann reichlich geben.

Die beiden verschwinden in der Kaserne, Seneca bleibt nachdenklich unter der Arkade zurück. Dann wird es vom Innenhof her laut. Man hört den Gardepräfekten Burrus.

Burrus:	Soldaten, Tiberius Claudius Caesar Augustus Germanicus ist heute Morgen verstorben. Ich bin gekommen, um euch den neuen Kaiser vorzustellen: seinen Sohn Nero Claudius Caesar Augustus Germanicus.

Kurzes Schweigen, dann laute Rufe. Ave Caesar, Ave, ein neuer Stern geht am Himmel über Rom auf. Einer fast schon befehlend. Die Garde begrüßt den neuen Herrscher des Imperium Romanum! Ave Claudius Nero!

Seneca tritt an den Eingang, lauscht. Wieder ist Burrus zu hören.

Burrus:	Soldaten, Claudius Nero, unser neuer Kaiser, weiß eure bewährte Treue und Anhänglichkeit zu schätzen. Er wird euch einen zusätzlichen Jahressold auszahlen lassen.

Der Rest der Rede geht im Jubel unter. Gleich darauf kommt Burrus mit Nero und Begleitern aus der Kaserne, wo sie mit Seneca zusammentreffen, der nachdenklich im Schatten einer Arcade steht.

Burrus: Eine Sänfte her, schnell jetzt, Soldaten! Wir müssen schleunigst in die Kaserne vor den Toren der Stadt und auch dort Claudius Neros Erhebung zum neuen Herrscher des Imperiums mitteilen. Inzwischen, Seneca, sorgst du für die Einberufung des Senats. Vom Militär kommen wir direkt in den Senat und holen uns dort die Zustimmung der Zivilisten. Ist Formsache, aber unverzichtbar. Kommst du gleich mit in die Stadt?

Seneca: Nachdenklich Das Wesentliche habe ich ja hier draußen mitbekommen, und für den weiteren erfolgreichen Verlauf garantierst du. Erspart mir die Wiederholungen in der Kaserne und vor dem Senat. Ihr kennt meine angegriffene Gesundheit. Aber dafür, dass die Senatoren sich versammeln, will ich unverzüglich sorgen.

Nero wird von Burrus in eine Sänfte geschoben, der Präfekt treibt die Träger an und eilt gefolgt von einem Dutzend Gardesoldaten zu Fuß hinterher. Seneca bleibt – noch immer nachdenklich – zurück. Da erscheint Eudoxus, der inzwischen seinem Herrn gefolgt ist.

Eudoxus:	Was habe ich soeben gehört? Kaiser Claudius ist ums Leben gekommen und euer Zögling der neue Kaiser?
Seneca:	Nickt. Der Kaiser ist tot, es lebe der Kaiser, und hinter allem steckt die harte Hand eines unnachsichtigen Schicksals! Das verändert unseren Auftrag deutlich, doch frage mich nicht, in welche Richtung!

VI

Seneca und Burrus erwarten in Senecas Domizil auf dem Palatin Nero. Als eine Sänfte vor dem Haus hält, steigt statt des erwarteten Nero seine Mutter Agrippina gefolgt von sechs Gardesoldaten aus. Seneca geht ihr entgegen.

Seneca: Agrippina, wir sind erstaunt, aber auch erfreut, Euch zu sehen. Wie dürfen wir Euch jetzt anreden?

Agrippina: Ja wer bin ich? Alle wissen es doch: Mutter eines Kaisers! Als solche stehen mir Anerkennung und Gehorsam der Untertanen nicht weniger als seiner Gattin zu. Und als Mutter bin ich zu Unterstützung und gutem Rat für den jugendlichen Kaiser geradezu verpflichtet. Ich dachte, ihn bei Euch zu treffen.

Seneca: Wir warten in der Tat auf den jugendlichen Herrscher. Es geht nach der Akklamation um seinen ersten offiziellen Auftritt im Senat. Das will sorgfältig überlegt sein, sowohl sein Auftreten als auch die Worte, die er dabei wählt.

Agrippina: Vorwurfsvoll. Ich bin neugierig, Seneca, ob Euch das besser gelingt als bei dem verstorbenen Claudius. Zunächst ließ sich Neros Leichenrede ganz gut an, der Lebenslauf, die Taten und Verdienste, die Familie, seine besonderen Interessen. Eben die übliche Trauerrede, weshalb alle schon ein wenig schläfrig waren. Und dann der verfehlte Schluss: Eine beeindruckende Persönlichkeit mit ganz besonderem Charisma, eine, die ihre Worte stets sorgfältig wählte. So oder so ähnlich habt Ihr es formuliert, Seneca, und so hat es mein Sohn vorgetragen, und plötzlich waren alle wieder hellwach und hatten Mühe, das Lachen zu unterdrücken!

Seneca: Hätte ich ihn darüber sprechen lassen sollen, dass Claudius einen Fuß hinter sich herzog, mit dem Kopf wackelte und, wenn er in der Öffentlichkeit auftrat, häufig stotterte? Ihr spracht zu Recht von der üblichen Trauerrede!

Agrippina: Die mit der ungeschminkten Wahrheit in keiner Weise verschwistert ist, die aber nicht ins Lächerliche abgleiten darf. Der Grat mag schmal sein; ich hoffe, Ihr habt aus solchem Eklat gelernt. Wo ist eigentlich unser jugendlicher Herrscher?

In diesem Augenblick tritt Nero ein, den ebenfalls ein halbes Dutzend Gardesoldaten begleitet.

Nero: Verehrte Mutter, Ihr hier? Eigentlich kam ich zu einem Arbeitstermin mit meinen Lehrern und Vertrauten Seneca und Burrus. Wir wollen meinen Auftritt vor dem Senat vorbereiten. Die Herren warten schon einige Zeit. Doch ich hatte Besuch von Euterpos, einem hervorragenden Gitarristen, den Ihr unbedingt kennenlernen müsst. Ich habe meine neuesten Lieder vorgetragen, er hat mich auf seinem Instrument begleitet und meine göttliche Kunst bewundert!

Agrippina: Junge, du bist erwachsen und das Oberhaupt des Imperium Romanum. Haben dir das deine Lehrer nicht beigebracht?

Burrus: Versucht die Situation zu retten. Wir alle wissen doch, verehrte Agrippina, dass selbst Jupiter gelegentlich so seine Schwächen hatte. Warum dann nicht auch sein höchster Repräsentant unter uns Sterblichen?

Agrippina: Mein lieber Burrus, bei Jupiter endete das jedenfalls nicht mit einem Liedchen und etwas Geklimper auf der Leier!

Burrus: Räuspert sich. Schreiten wir lieber zu dem, was wir uns vorgenommen haben!

Seneca: Nickt zustimmend. Eudoxus wird uns eine Toga besorgen, denn der Herrscher dieser Welt kann nicht im Hemdgewand vor den Senatoren auftreten.

Nero: Aber Seneca, es sollte doch heute nur eine Probe sein!

Seneca: Es geht nicht nur um den Inhalt der Rede. Der mag beeindruckend sein, ist er aber unglaubwürdig vorgetragen, verfehlt die Rede ihre Wirkung. Also müssen wir Haltung, Gestik und Mimik, kurz Euer ganzes Auftreten schon in die Probe einbeziehen.

Eudoxus hilft mit einem weiteren Freigelassenen Nero, eine Toga mit breiten Purpurstreifen anzulegen und hat auch einen goldenen Lorbeerkranz für das kaiserliche Haupt mitgebracht.

Agrippina: Da hat dein Lehrer ausnahmsweise recht: Das Äußere, ja der ganze Auftritt trägt viel, wenn nicht alles zur Glaubwürdigkeit bei! Der Lorbeerkranz gefällt mir besonders. Gibt es so einen auch für die Kaisermutter?

Seneca: *Schaut erst sie entgeistert an, wendet sich dann aber Nero zu.* Die Toga, Majestät, zwingt zur aufrechten, selbstbewussten Haltung, aus der heraus bewusst eingesetzte Gesten einzelne Gedanken begleiten oder unterstreichen dürfen. Fangen wir an!

Nero: *Bemüht sich um aufrechte Haltung, räuspert sich.* Hochverehrte Senatoren, würdige Repräsentanten unseres römischen Volkes!

Agrippina: Ein „verehrte" tut es auch, mit dem „hoch" signalisierst du gleich zu Beginn zu viel Unterwürfigkeit. Das bekommt diesen Herren nicht, macht sie übermütig!

Nero:	*Fährt etwas eingeschüchtert fort.* Also verehrte – *Er bemüht sich, wieder selbstbewusster aufzutreten.* – also, es ist sinnvoll, dass ein neuer Herrscher ganz zu Anfang seiner Amtszeit seine Vorstellung von der künftigen Zusammenarbeit mit denen darlegt, welche die tragenden Säulen dieses Imperiums bilden. Woher nehme ich diese meine Vorstellungen? Da sind zum einen meine verehrten Lehrer und Berater…
Agrippina:	Genug der Bescheidenheit!
Nero:	– die mich in die lange Tradition dieses Gemeinwesens eingeführt haben. Doch letztlich leitet mich vor allem das Vorbild eines Mannes. Ich meine den vergöttlichten Imperator Caesar Divi filius Divus Augustus.
Agrippina:	Hm, Augustus! Das macht Eindruck, sich auf den zu berufen. Da wissen sie wenigstens, wen sie vor sich haben und was sie erwartet.
Seneca:	Es geht um mehr als nur den Eindruck!

Nero und Burrus nicken zustimmend, Agrippina wirft Seneca einen misstrauischen Blick zu.

Nero:	Eure Versammlung, Senatoren, ist von jeher der Hüter jener Ordnung, welche unser gesittetes Zusammenleben gemäß den Traditionen des römischen Volkes garantiert. Ihr seid Stellvertre-

ter des gesamten Volkes und eine bewusst herausgehobene Auslese. Als solche seid Ihr verpflichtet, Eure Vorstellung in allen Sachfragen –

Agrippina: Halt! Von wegen Auslese! Wir kennen sie doch. Und vor allem bist du nicht verpflichtet, dir Fesseln anzulegen. Sagen wir lieber: Seid Ihr berechtigt –

Seneca: Befugt sind sie!

Nero: Seid Ihr befugt, Eure wohlbegründeten Vorstellungen einzubringen und in Zusammenarbeit mit mir, dem Kaiser, eine Umsetzung zu finden. Wovon spreche ich genau? Das Recht in seiner ganzen Breite wollte Augustus in den Händen des Senats belassen. Es soll auch in Zukunft wieder Eure Aufgabe sein. Nicht anknüpfen will ich an die unselige Tradition meiner Vorgänger, die sich in jede Art von Rechtshändeln einmischten. Auch werde ich anders als mein Vorgänger das Reich nicht mit Erlassen ohne Ende überfluten. Und eine übertriebene Verehrung –

Agrippina: Aber sie müssen wissen und durch ihr Verhalten zeigen, dass du der Kaiser bist!

Seneca: Sie werden ihm umso mehr Anerkennung entgegenbringen, desto weniger er sie den Kaiser spüren lässt!

Agrippina:	In scharfem Tonfall. Nein, und nochmals nein! Ehrfurcht muss sein! Und das hat, wie der Name sagt, auch etwas mit Furcht zu tun!
Nero:	Zu seiner Mutter. Übertriebene Verehrung lehne ich dennoch ab! Er fährt mit der Rede fort. Ich will die Möglichkeit haben, römischer Bürger unter römischen Bürgern zu sein! Und Euch, den Senatoren, als meinen bevorzugten Partnern in allen Angelegenheiten des Reiches, gilt deshalb meine besondere Aufmerksamkeit: Ich werde alles tun, um auch die finanzielle Basis Eurer Versammlung ehrenwerter Männer zu sichern! Und wenn es um die Entscheidung über Krieg und Frieden geht, um Verträge mit den Nachbarn des Imperiums, dann werde ich es als meine Pflicht betrachten, den Senat unverzüglich von meinen Entscheidungen in Kenntnis zu setzen.
Burrus:	Wenn ich mir ein Urteil erlauben darf: Das wird seinen Eindruck nicht verfehlen.
Seneca:	Auch Mimik und Gestik waren weitgehend in Ordnung. Doch wir werden die Gelegenheit haben, an der einen oder anderen Formulierung oder Geste noch zu feilen.
Agrippina:	Ungeduldig. Ich verabschiede mich jetzt, dringende Geschäfte rufen. Doch du, mein Claudius Nero, sei dir deiner besonderen Stellung als Herrscher über dieses Imperium bewusst und

wahre stets kritischen Abstand auch zu deinen Lehrern. Im Zweifelsfall sollte deine Mutter dein bester Berater sein, nicht die Hirngespinste dieser Schulmeister!

Agrippina umarmt Nero, küsst ihn auf die Stirn, schaut flüchtig auf Seneca und Burrus und geht erhobenen Hauptes davon.

Nero: Darf ich mich auch entschuldigen?

Seneca: Wofür, Majestät?

Nero.:   Ich wollte nur sagen: Auch ich muss gehen.

Burrus: Wir hatten eigentlich eine dringende Angelegenheit mit Euch zu besprechen. Doch wenn Euch unaufschiebbare Verpflichtungen …

Nero: Der Prätor Lucius Antistius gibt heute ein Wagenrennen!

Seneca: Wir können nicht das Rennen, wohl aber die Besprechung auf morgen verschieben.

Nero: Morgen will ich auf dem Marsfeld mit den Prätorianern exerzieren,

            danach bei einem Sängerwettbewerb auftreten. Wie lange würde die heutige Besprechung dauern?

Seneca: Es geht um den Statthalter der Provinz Asia.

Nero.:   Der heißt?

Burrus:	Ihr kennt ihn: Gnaeus Domitius Corbulo.
Nero:	Hat er sich was zuschulden kommen lassen?
Seneca:	Im Gegenteil. Wir müssen den Parthern zeigen, wer in Armenien das Sagen hat. Dazu bedarf es eines tüchtigen Feldherrn. Corbulo hat sich schon unter Eurem Vorgänger Claudius in Germanien bewährt und als Statthalter in der Provinz Asia hervorragende Dienste geleistet. Seine Soldaten sind bestens trainiert und diszipliniert. Wenn einer den Parthern erfolgreich entgegentreten kann, dann ist das Corbulo.
Nero:	Dann ist diese Angelegenheit ja schon geklärt. Bereitet das Mandat vor, Euer Sekretär kann den Erlass formulieren, und stellt Corbulo an Material und Truppen zur Verfügung, was er benötigt. Ich bestätige diese Entscheidung bei nächster Gelegenheit. Und jetzt entschuldigt mich, meine Freunde! Ein Wagenrennen darf man nicht warten lassen!

Nero geht ab, Burrus und Seneca schauen sich fragend an, sind dann aber doch erleichtert.

Burrus:	Alles noch mal gut gegangen, was Corbulo und Armenien betrifft! Der Kaiser ist halt auch nur ein Mensch, noch dazu einer in einem wenig gefestigten Alter.

Seneca:	Leider nur ein schwacher Mensch, obwohl er jetzt Herrscher über das römische Imperium und damit Herr der Welt ist. Wir dürfen die Zügel nicht zu fest anziehen, müssen aber sein Tun im Auge behalten, mehr noch die Mutter. Sind wir zu wenig nachsichtig mit ihm, weiß sie das für sich zu nutzen. Sie hat uns gerade vorgeführt, wohin das führen würde. Einstweilen ist es aber unsere Aufgabe, die Entscheidungen zu treffen, welche das Gemeinwesen in sicherem Fahrwasser halten.
Burrus:	Auf mich kannst du dich verlassen. Ich war zeitlebens Soldat, bin es gewohnt, da zu stehen und nicht zu wanken, wo man mich hinstellt.
Seneca:	Und mich nehmen die Lehren meiner stoischen Vorbilder in die Pflicht: Wir müssen uns für das Gemeinwohl engagieren, solange die Umstände das irgendwie zulassen. Und was wir in der Nachfolge großer Denker für richtig halten, das sollte unser Handeln in jeder Hinsicht leiten.

Burrus nickt zustimmend.

VII

Ein Palast auf dem Palatin, Residenz der Agrippina. Im Peristyl, dem weitläufigen Innenhof, warten Burrus und Seneca.

Burrus: Wir sind für die fünfte Stunde zur Audienz bei der Kaisermutter bestellt. Inzwischen komme ich mir vor wie bestellt, aber einfach nur abgestellt.

Seneca: Mit gedämpfter Stimme. Leise, die Wände hier haben Ohren! Wenn man deinen Unmut weiterträgt, werden wir noch ganz woanders abgestellt.

Die beiden kehren in den Schatten einer Kolonnade des Peristyls zurück und wandeln schweigend auf und ab. Nach einiger Zeit erscheint ein Bediensteter, der sie in eine angrenzende Halle führt. Dort werden Neros Freunde und Helfer bereits erwartet.

Agrippina: Ich habe Euch rufen lassen, weil Euer Treiben mich zutiefst beunruhigt. Das Kaiserhaus, was sage ich, das römische Imperium ist in Gefahr!

Agrippina streckt die Hand aus, um eine Art Handkuss zu erhalten, dabei hält sie die Hand so niedrig, dass die beiden Männer sich tief verbeugen müssen.

Seneca: Unser Treiben – Imperium in Gefahr? Agrippina, Ihr beliebt zu scherzen. Wir tun tagein tagaus nichts anderes als unsere Pflicht und das seit dem Zeitpunkt, da Ihr uns den Claudius Nero anvertraut habt.

Agrippina: Das habe ich bereits bitter bereut. Aus meinem Lucius Domitius sollte ein souveräner, allseits verehrter und respektierter Claudius Nero werden. Ein Claudius Nero wurde er, dazu bedurfte es eures Mitwirkens nicht, das konnte ich ganz allein erledigen. Was ich aber von Euch erwartete und nicht bekam: Einen Caesar Claudius Nero, der durch sein Auftreten und seine Ausstrahlung die Bewunderung und Verehrung seiner Untertanen erhält. Was passiert stattdessen: Er meidet mehr und mehr die Gesellschaft seiner Mutter, treibt sich dafür, so berichten mir meine Leute, in Kaschemmen herum, prügelt sich nachts auf den Straßen, macht sich bei volkstümlichen Spektakeln lächerlich, mit Halunken gemein, mit Strichjungen – Ist das die Philosophie, in der Ihr ihn heimlich schult?

Nero: Ist unbemerkt eingetreten.   Mutter, das ist üble Nachrede von dir. Wenn du es nicht wärst! Ja, ich suche gelegentlich das Vergnügen unter ganz normalen Menschen.

Agrippina: Vergnügen … normal?

Nero:	Was ist an den Intriganten und Giftmischern deines Hofstaates normal?
Agrippina:	Halt ein, Junge! Mein Hofstaat sieht genauso wie ich nur zu deutlich, was dir fehlt: Du schaffst es nicht, göttergleich über den Normalsterblichen zu stehen. Da beschließt der Senat, dir zu Ehren den Jahresanfang auf deinen Geburtstag im Dezember zu legen, da beschließt er, für die Erfolge über die Parther im Tempel des Kriegsgottes eine Statue von dir in Gold aufzustellen, und was tust du? Du lehnst beides ab, als bedeute das alles nichts. Lässt dich stattdessen auf irgendeinem Marktplatz für ein paar Verse feiern! Hat dir das dieser blutleere Philosoph und Grammatiker da beigebracht? Der verkrüppelte Haudegen an seiner Seite eher nicht!
Burrus:	Bitte zu berücksichtigen: Ich habe meine Hand im Kampf für Rom eingebüßt!
Nero.:	Mutter, ich bitte dich. Sprich nicht so über meine Berater und Freunde! Wir haben die Reaktion auf die Vorschläge des Senats besprochen, ich habe mich entschieden, und das Volk, sagt man mir, weiß solche Zurückhaltung zu schätzen.
Agrippina:	Dass deine kaiserliche Gattin dich nicht mehr zu Gesicht bekommt, dass du stattdessen fast

schon öffentlich mit dieser kleinen Hure posierst, schätz man auch?

Nero: Stampft wütend auf den Boden. Nimm das zurück! So verleumdest du mir meine Acte nicht. Sie könnte immerhin bald meine Frau werden!

Nero verlässt wütend den Saal, Agrippina hat einen Schwächeanfall und bittet eine Dienerin um Wasser. Als sie sich wieder gefasst hat, wendet sie sich Seneca und Burrus zu.

Agrippina: Darf ich den Herren auch etwas zu trinken anbieten. Vielleicht finden sie dann ihre Sprache wieder.

Seneca: Oder sie bleibt uns für immer weg!

Agrippina: Was soll das heißen?

Burrus: Lassen wir den gereizten Wortwechsel! Euer Sohn ist nun mal, wie er ist. Und was diese Acte betrifft: Sie hat, wenn ich das so sagen darf, ein heftig schlingerndes Schiff auf eine einigermaßen berechenbare Bahn gebracht. Es spricht vieles dafür, dass er sich bei ihr die Hörner abstößt.

Seneca: Bestätigt trotzig. Genau so sehe ich das auch. Ich hätte es nicht besser formulieren können. Und was Neros Bescheidenheit betrifft: Damit gewinnt er die Menschen mindestens so sehr wie Ihr mit Prunk und Protzen!

Agrippina:	Wusste ich es doch: Daher weht der Wind! A-propos Bescheidenheit: Das Wort scheint Euch, dem wortgewaltigen Moralisten, völlig unbekannt, wenn es um die übertriebenen Zuwendungen meines Sohnes geht.
Seneca:	Die Moral verpflichtet uns – recht verstanden – nicht, Gaben, die wir verdient haben, abzulehnen. Sie verpflichtet uns einzig, nicht zu Sklaven dieser Gaben zu werden!
Agrippina:	Köstlich seid Ihr! Ihr meint, Ihr habt den Reichtum, aber der Reichtum nicht euch. Täuscht Euch nicht, auf keinen regnet so viel Reichtum ohne Gegenleistung herab! Doch eines sollte auch Euch, dem moralisierenden Schulmeister und dem Polizisten in seinem Schlepptau, klar sein: Ich habe noch den Britannicus an meiner Seite, der nur auf seine Chance wartet. Er ist ein echter Claudier. Verlasst Euch drauf, wir werden gemeinsam diesen adoptierten Claudius Nero noch das Fürchten lehren! Noch bevor die Sonne erneut aufgeht – *Sie ruft ihren Privatsekretär.* – Euphylax, teile er den Herren da mit, dass die Audienz beendet ist!

Seneca und Burrus treten ab. Draußen fasst sich Seneca als erster.

Seneca:	Die Viper hat das Maul weit aufgerissen und ihre Giftzähne drohend ausgefahren. Noch hat

sie nicht zugebissen. Doch ich bin sicher, sie wartet auf eine günstige Gelegenheit. Wir müssen äußerst wachsam sein und auch Nero im Auge behalten, damit er nicht ihr nächstes Opfer wird.

Burrus: Was hältst du von den Vertrauten, die ihr Bericht erstatten?

Seneca: Das sind ihr Privatsekretär, der Verwalter ihrer Finanzen, ihr Berater und ihr Redenschreiber, nicht zu vergessen der Leiter ihrer Hofhaltung. Von denen erfährt sie zuverlässig, was sie zu erfahren wünscht. Wir müssen Nero umgehend nahelegen, diese Leute aus ihren Ämtern zu entfernen, sofern sie nur den geringsten Anlass für den Verdacht bieten, gemeinsam mit ihr gegen ihn zu intrigieren.

Und noch etwas: Heute Abend gibt der Kaiser ein Essen für geladene Gäste. Da werden Agrippina ebenso wie Britannicus, aber auch die führenden Leute des Hofes und etliche Senatoren anwesend sein. Wir sollten wachsam sein, falls es zu offenem Streit kommt. Und wir müssen bereit sein, sofort einzuschreiten, falls sie versucht, den Soldaten diesen Britannicus als neuen Kaiser schmackhaft zu machen. Mit Geld kann so eine alles erreichen. Du bist dir deiner Prätorianer sicher?

Burrus:	Absolut, Caesar Claudius Nero hat gerade ihren Sold erhöht.
Seneca:	Na dann! Ach ja: Neros Vorkoster soll ab sofort besonders wachsam sein!
Burrus:	Diesbezüglich wir auch!
Seneca:	Räuspert sich. Und was ist mit diesem Titus Petronius, der bei keinem Gelage fehlt?
Burrus:	Verachtet dich, aber er ist ungefährlich. Ein nachtaktiver Lebemann, der Neros Gelage plant und für die nötige Unterhaltung sorgt, mehr nicht!
Seneca:	Und wo ist die Giftmischerin Locusta abgeblieben?
Burrus:	Nero selbst hat sie unter die Bewachung eines Offiziers der Garde gestellt. Der bürgt dafür, dass sie ihre tödlichen Künste nicht für den falschen Auftraggeber einsetzt.

VIII

Ein abendliches Gelage im Kaiserpalast. Auf drei Speiseliegen im Zentrum liegt Nero mit Vertrauten, direkt neben ihm Acte, etwas weiter weg Burrus. In einer Ecke des Saales Agrippina und Britannicus, denen Plätze zugewiesen sind, die weit von Nero, aber auch weit von den Ausgängen entfernt sind.

Agrippina: Laut. Die Lehren dieses falschen Moralisten Seneca tragen Früchte: Mein eigener Sohn hat mich meiner engsten Mitarbeiter beraubt, so dass ich lernen darf, mit wie wenig der Mensch doch auskommen kann, wenn es denn sein muss. Aber zum Glück habe ich mit Britannicus einen Menschen kaiserlichen Geblüts an meiner Seite. Der käme nicht auf die Idee, in aller Öffentlichkeit mit Huren zu kopulieren.

Acte: Liebster, lässt du dir das bieten, dass man deine Geliebte in aller Öffentlichkeit so erniedrigt?

Nero: Richtet sich drohend auf und richtet den Blick fest auf Agrippina. Schweig, Mutter! Noch so ein Wort über Acte, und ich lasse dich und deinen Britannicus augenblicklich in ein Verlies im Untergeschoss sperren. Er sieht sich um. Wo ist eigentlich Seneca? Er sollte doch eine seiner geistreichen Satiren zum Besten geben. Burrus, vielleicht kannst du ihn rufen lassen!

Burrus: Ich fürchte, mein Kaiser, auf Seneca müsst Ihr heute Abend verzichten. Ihr wisst doch: sein

	Katarrh! Er hatte einen schweren Anfall, ein Arzt kümmert sich um ihn.
Nero:	Umso mehr würden wir ein Werk aus seiner Feder goutieren. Kann denn niemand statt seiner? Titus Petronius, mein Zeremonienmeister, was schlägst du vor?
Petronius:	Eine Satire von Seneca wäre in der Tat eine köstliche Beigabe zu einem opulenten Mahl. Könnte als Purgativum dienen. Zumal eine Satire aus seiner Feder etwas ganz Besonderes ist. Der Moralist bringt sonst nur wirklich ernste Dinge zu Papier. Ja, kann denn niemand?
Nero:	Serenus, kannst du vielleicht für deinen Verwandten einspringen?
Serenus:	Erhebt sich eilig, verbeugt sich unterwürfig. Wenn Majestät das wünschen? Ich habe nicht das Manuskript, verfüge auch nicht über Senecas Vortragskunst. Aber ich bin mit dem Text so vertraut, dass ich …

Zwei Diener kommen hereingestürzt, sie scheinen aufgeregt. Von dem heftig gestikulierenden Nero erhalten sie Anweisungen; sie gehen danach eilig nach draußen.

Nero: Entschuldigt mich, dringende Geschäfte! Doch lass dich nicht lange bitten, Serenus! Zu Acte gewandt. Wir wollen uns den Abend heute nicht trüben lassen. Nicht wahr, mein Schätzchen?

Sie nickt zustimmend und küsst ihn.

Serenus: Also gut! Es geht um die Vergöttlichung, genauer, um den von eigener Hand eingeleiteten Aufstieg des verstorbenen Kaisers Claudius zu den Göttern droben im Olymp. Wir alle wissen, dass das nur die Seele betrifft, und so ist es auch bei Claudius. Es wird Zeit, die Seele drängt, man hat Mitleid mit ihr, und so wird der Schicksalsfaden einfach gekürzt. Ratsch, abgeschnitten, Nero wird statt seiner der Herrscher des römischen Imperiums.

Petronius deutet Beifall an, einige applaudieren laut. Nero winkt demonstrativ ab.

Serenus: Es ist nicht gerade fein, wie sich die Seele des einstigen Kaisers aufmachen muss, darüber wollen wir schnell hinweggehen, denn es ist unappetitlich. Eben wie bei einem, der die Kontrolle über seinen Körper an allen Enden verloren hat.

Ein unbekannter Zwischenrufer. Kontrolle, die hat er doch nie gehabt!

Gelächter und Beifall, nur aus Agrippinas Ecke dringt Empörung herüber.

Serenus: Stellt euch also vor: Die Seele des Claudius erklimmt schnaufend den Olymp und klopft erregt an die Himmelspforte. Jupiter fragt verärgert, wer da solch unfeinen Lärm und noch unreinere Gerüche verursache. Leider wird keiner der Türhüter aus dem Gestammel des Claudius schlau.

Da schickt Jupiter Herakles an die Pforte, weil der schon mit ganz anderen Ungeheuern fertig wurde. In der Tat, dem einstigen Kaiser gelingt es beinahe, den Kraftprotz mitleidig zu stimmen, doch an seine Fersen hat sich die böse Göttin Fama geheftet, die Herakles über den seltsamen Ankömmling aufklärt.

Jetzt kommt jede Menge Unappetitliches aufs Tablett: Inzest mit der Schwester, sehr viele, selbst aus der Verwandtschaft, die er in den sogenannten freiwilligen Tod vorauseilen ließ …

Endlich wird Jupiter die Angelegenheit zu bunt. Er schickt den Ankömmling erst einmal weit weg vors Himmelstor, damit die Götter sich in Ruhe beraten können. Die Meinungen sind geteilt, auch wenn Herakles alles unternimmt, damit das Pendel zugunsten von Claudius ausschlägt. Doch da steht einer seiner Vorgänger auf, der erhabene Augustus persönlich, dem dieser Claudius einst zur Vergöttlichung verholfen hat. Augustus ist entrüstet: Was? Da will einer die Vergöttlichung von uns, einer, der die Menschen wie Fliegen hat umbringen lassen, darunter nicht wenige aus der eigenen kaiserlichen Sippe. Ganz abgesehen von seiner Erscheinung: eine einzige Schande für das Imperium!

Augustus ist überzeugt, nie werde jemand auf Erden diese Gestalt als Gott verehren. So kommt es schließlich zu einer Abstimmung im Himmel, die zu Ungunsten des Claudius ausgeht. Deshalb muss ihn Merkur in die Unterwelt geleiten. Dort begegnet Claudius seinem engen Vertrauten, dem kaiserlichen Freigelassenen Narcissus, einem üblen Intriganten, und beide treffen dann auf unzählige einst Freie oder weniger Freie, welche sie in langen Jahren vorzeitig auf den Weg in die Unterwelt schickten.

Zu welchem Urteil kommt dann der Richter in der Unterwelt? Er verurteilt Claudius dazu, für alle Zeiten aus einem Becher ohne Boden zu trinken. Und das soll er als Sklave eines seiner Freigelassenen tun, der sich schon länger da drunten aufhält.

Es gibt lauten Beifall.

Petronius: Sagte ich es doch, manchmal ist er geradezu köstlich, dieser Seneca, obwohl er nicht selten nervt mit seinem erhobenen Zeigefinger.

Agrippina:	Grässlich, was man sich da anhören muss. Aber typisch für diesen schwindsüchtigen Philosophen: Zerrt das Andenken dessen in den Dreck, der ihn begnadigt hat!
Nero:	Nachdem derselbe ihn zuvor lange Jahre in der Verbannung schmoren ließ!
Petronius:	Majestät, Senecas Satire war eine herrliche Einlage. Doch der Abend ist noch jung. Ihr könntet Senecas Künste leicht überbieten, indem Ihr selbst etwas vortragt. Vielleicht eines Eurer jüngsten Werke?

Nero ziert sich lange, schaut sich um, erhält Zustimmung von fast allen Seiten, lässt sich auch von Acte zu einem Vortrag ermuntern und erhebt sich schließlich.

Nero:	Wenn es die Anwesenden danach verlangt, dann darf ich das wohl nicht ablehnen. Doch ich benötige Begleitung, am besten auf der Laute. Euterpos, bist du bereit?

Euterpos ist so geschwind zur Stelle, dass sich der Verdacht aufdrängt: So ganz spontan war das nicht.

Nero:	Was gebe ich am besten – wie sagt man doch gleich – zum Besten? Ich will es mit einem Gesang versuchen, mit dem Orpheus, hätte er ihn gekannt, die Götter der Unterwelt so sehr beein-

druck hätte, dass sie seine Gattin ohne jede Bedingung wieder hätten ans Tageslicht zurückkehren lassen.

Nero stellt sich in der Nähe seiner Kline auf, Euterpos stimmt das Instrument, Nero versucht lange, die richtige Tonlage zu finden, dann beginnt er.

Nero: Götter der Unterwelt, Pluto und Persephone,

gebt zurück mir, dem Sänger, Eurydike,

meine Gattin auf eine giftige Natter trat,

musste steigen drum in ein finsteres Grab –

Der Rest fällt einem Hustenanfall Neros zum Opfer; als er sich wieder gefangen hat, klagt er:

Freunde, es schmerzt mich sehr, euch sicher noch um einiges mehr, aber ihr habt es mitbekommen: Der Künstler in mir ist heute wohl indisponiert! Und das, obwohl ich seit Tagen das kalte Wasser und den Luftzug meide, um meine Stimme nicht zu gefährden. Doch heute ist nicht aller Tage! Vielleicht war es auch ein Fehler, auf Senecas leichte Muse die erhabene Muse des tragischen Liedes folgen zu lassen. Solche Reihenfolge schätzt unsere Muse gar nicht. Sei es drum: Ich werde euch an einem anderen Tage mit einem ganzen Vortragsabend mehr als entschädigen.

Gewaltiger Applaus, verstohlene, aber skeptische Blicke, doch da entsteht in der Ecke, in der Agrippina und Britannicus untergebracht sind, Unruhe unter den Gästen.

ein Gast: Schnell, einen Arzt! Wir brauchen einen Arzt. Britannicus!

Nero: Zu einem seiner Vertrauten. Schau lieber du mal nach ihm! Muss nicht immer gleich ein Arzt sein. Von wegen der Kosten und so. Ist ja auch schon sehr spät. Ist wohl wieder nur ein Anfall. Das hat er öfter. Aber Freunde, lasst euch seinetwegen die gute Laune nicht verderben! Hast du vielleicht noch eine köstliche Geschichte auf Lager, Serenus? Und du, Acte, rückst näher zu mir! An einem herrlichen Abend wie diesem genießt man solche Zweisamkeit doppelt.

Agrippina: Laut, so dass es durch den ganzen Raum hallt. Claudius Nero, ich frage dich hier vor allen Anwesenden: Was tust du deinem Bruder da gerade an?

Nero: Dass er mein Bruder ist, dafür kann ich nichts. Das hast du eingefädelt. Doch wessen verdächtigst du mich?

Agrippina: So windet sich keiner in Krämpfen, dem man Edles kredenzt hat.

Nero: Du musst es wissen: Mit Unedlem und den Krämpfen danach kennst du dich bestens aus. Doch schafft ihn nach draußen! Er stört mit seinen Anfällen unser geselliges Beisammensein.

Agrippina:	Ich schließe mich an! Und morgen gehe ich mit ihm zu den Soldaten!
Nero:	Morgen? Wer weiß schon, was morgen ist. Jetzt werden dich erst einmal ein halbes Dutzend Prätorianer in Empfang nehmen. Du wohnst ab sofort in einem ausgedienten Palast, gleich neben der Kaserne meiner Leibwache. So können sie dich besser im Auge behalten. Deine Habseligkeiten sind bereits dorthin geschafft. Führt sie ab und ihn ins Krankenzimmer. Und lasst vielleicht doch einen Medicus vorbeischauen!
Agrippina:	Geht unter lautem Protest. Beim Jupiter! So geht einer mit seiner Mutter um, der er alles zu verdanken hat. Gewissenloses Ungeheuer!
Nero:	Los, führt sie schneller ab. Sie stört nur. Mit dem „gewissenlosen Ungeheuer" meint sie sich selbst.
ein Arzt	Kommt aufgeregt herein. Majestät, ich glaube, mit Britannicus geht es zu Ende. Verschnauft, dann gefasster. War ganz sicher ein Anfall. Wer ihn kennt, kann sich schwerlich anderes vorstellen.
ein Vertrauter Neros:	Eben, schließlich hatte er öfter solche Anfälle. Und anderes? Beide, Britannicus nicht anders als seine Stiefmutter, hatten doch ihre persönlichen Vorkoster dabei!

| Nero: | Recht so. Gebt dem Medicus eine fürstliche Entlohnung dafür, dass er zu später Stunde noch zu diesem Einsatz gerufen wurde und so schnell eine verlässliche Diagnose erstellt hat. Und den Britannicus tragt nach draußen. Wenn er es denn nicht überlebt, soll er noch heute Nacht auf den Holzstoß und danach ab in die Urne! |

IX

In einem Palast auf dem Palatin: Seneca im Gespräch mit Alexander aus Thrakien und Chairemon, den griechischen Gelehrten, die ihn bei der Erziehung Neros unterstützten. Ebenfalls dabei ist Eudoxus, der gerade Schriftrollen für seinen Herrn sortiert.

Alexander: Spöttisch. Und, Seneca, wie bist du mit dem Fortschritt deines Schülers zufrieden? Ich meine, was den Menschen wie auch den Herrscher betrifft.

Seneca: Worauf willst du hinaus, Alexander? Und weshalb sprichst du von meinem, nicht von unserem Schüler?

Alexander: Vielleicht übersteigt es einfach meine Fähigkeiten, die Verantwortung für das, was da heranwuchert, zu tragen.

Seneca: Du sollst nicht alleine tragen, du trägst mit uns zusammen!

Alexander: Werden wir, was da auf uns zukommt, wirklich ertragen können? Manches Mal habe ich mich schon gefragt: Wie hätte ein Aristoteles reagiert, wäre eines Tages sein einstiger Schüler Alexander, den man auch den Großen nennt, erneut vor ihn hingetreten? Hätte er die Verantwortung für all das, was inzwischen geschehen

war, auf seinen schmalen Schultern tragen können? Und hätte erst einer wie Nero vor ihm gestanden, ich weiß nicht …

Seneca: Wir können unsere Aufgabe nicht mit der eines
Aristoteles vergleichen. Nicht nur die Zeiten,
auch die Schüler sind zu verschieden. Runzelt die
Stirn. Seine Aufgabe war in manchem leichter
als unsere, in jedem Fall aber eine andere. Dieser Alexander tendierte von sich aus dazu, klug
die jeweiligen Gegebenheiten zu erfassen und
sein Handeln danach auszurichten. Er hatte
auch viel übrig für die Naturwissenschaften, da
hat Aristoteles in ihm das nötige Interesse we-
cken können. Insoweit ließ sich Alexander
meist von der Vernunft leiten. Andererseits war
er ein Draufgänger, stets getrieben von „immer
mehr, immer weiter", und er konnte, wenn ihm
einer die Gefolgschaft versagte, äußerst brutal
sein, andererseits auch wieder großzügig. Ein
schwieriger Mensch, ein Machtmensch eben!

Chairemon: Spitz. Letzteres kommt mir doch irgendwie bekannt vor!

Seneca: Wen wundert's? Doch betrachtet die Situation
nüchtern: Fährt einer beim Wagenrennen im
Circus Maximus Sieg auf Sieg ein, trägt ihn die
Meute johlend auf ihren Schultern nach Hause.

Und wie verhält sich der hernach, der sich einbilden darf, ein wenig Höhenluft geschnuppert zu haben? Nicht leicht kehrt so einer auf den Boden der Tatsachen zurück. Wie anders muss es erst einem ergehen, den sie schon zu Lebzeiten für einen Halbgott halten und für den es kein „Geht nicht" gibt. Für den ist es ungleich schwerer als für unsereinen, gelassen die allen von der Natur gesetzten Grenzen zu respektieren.

Alexander: Weshalb man von der uneingeschränkten Gewalt des Alleinherrschers spricht!

Chairemon: Dann ist unsere Anstrengung von vornherein zum Scheitern verurteilt.

Alexander: Müssen wir also Bedenkenlosigkeit, sinnlose Verschwendung, das Fehlen von Skrupeln jeder Art entschuldigen?

Seneca: Lächelt verkrampft, als ob ihn etwas schmerzt. Ich weiß, worauf ihr hinauswollt. Verzeiht ihm, aber habt Nachsehen auch mit mir! Wer, wenn die Erde bebt, trotzig auf der Stelle verharrt, läuft Gefahr, dass die Trümmer ihn erschlagen. Nur wer darauf umsichtig reagiert, übersteht auch heftige Beben.

Chairemon: Und wie sieht deine Umsicht bei unserem Beben aus?

Seneca:	Bedenkt zunächst: Es geht nicht mehr um den unmündigen Schüler von einst, es geht inzwischen um den Herrscher des römischen Weltreiches. Ihm Grenzen zu setzen steht nicht in unserer Macht.
Alexander:	Weshalb es klüger wäre, die Gefahrenzone zu meiden!
Seneca:	Und dadurch fahnenflüchtig zu werden? Nein, die Pflicht verlangt, dass wir immer wieder an seine Vernunft –
Chairemon:	– der oft genug ihre hässliche Schwester, die Unvernunft, eine Nasenlänge voraus ist!
Seneca:	Wir müssen an sein wohlverstandenes Eigeninteresse appellieren.
Eudoxus:	Und wie sieht das aus?
Seneca:	Wir haben es ja nicht mit einem Tyrannen zu tun.
Alexander:	Noch nicht!
Seneca:	Wir haben es eher mit einem jugendlichen Herrscher zu tun, der noch nicht zu dem Verhalten gefunden hat, das jederzeit in sich stimmig ist. Doch damit tut sich auch manch anderer ein Leben lang schwer. Andererseits: Nero treibt, wie wir wissen, das Bedürfnis, von seinen Untertanen geliebt und bewundert zu werden; schon gar nicht will er sich vor ihnen fürchten müssen.

Das – sollten wir ihm immer wieder klarmachen! – erreicht er nur, wenn er deren Bedürfnis nach Friede, Freiheit, Wohlstand und Sicherheit entgegenkommt. Also gibt es wechselseitige Interessen, das Verlangen nach Anerkennung auf der einen, das nach Schutz auf der anderen Seite. Das bedeutet: Als Herrscher hat er eine außerordentliche Verantwortung.

Berücksichtigt man all dies, sollte für einen Nero die regellose Herrschaft, vor der ihr euch fürchtet, keine Option sein. Vielmehr muss er bei allem, was er tut, das rechte Maß finden, egal, ob es um Erlasse, Strafe, Belohnung, Beförderung oder was auch immer geht. Wir kennen das aus vergleichbaren Verhältnissen: Der Offizier muss bei seinen Befehlen über das rechte Maß verfügen, der Vater bei den Erwartungen an seine Söhne, und so weiter. Es geht stets um das rechte Maß, auch bei Nachsicht und um Milde. Ein Übermaß schadet ebenso wie zu wenig.

Chairemon: Das sagt sich leichter, als dass einer dies Maß findet!

Seneca: Das sehe ich anders. Dies Maß muss doch Tag für Tag und überall gefunden werden. Wir kennen es vom Richter, nicht nur vom kaiserlichen, sondern auch vom gewöhnlichen Richter bei

Gericht oder im Senat. Gerecht ist die Entscheidung des Richters nicht, wenn dieser blind einem einmal niedergeschriebenen Gesetz folgt. Als gerecht wird sie dann empfunden, wenn er sich jedes Mal fragt, was recht und billig ist. Das meine ich mit „das rechte Maß finden".

Eudoxus: Solchem Ermessensspielraum gerecht zu werden ist nicht leicht!

Alexander: Vor allem gehört dazu, dass einer sich von Gründen leiten und jede Willkür außen vorlässt!

Chairemon: Wir Stoiker würden sagen: Er muss sich von der Vernunft zur Mäßigung führen lassen!

Seneca: Genau zu dieser Einsicht hoffe ich unseren prominenten Schüler zu bringen. Gelingt das nicht, war alle Mühe vergebens. Wir sollten aber nicht vorzeitig aufgeben. Auch ein Obstgärtner darf bei der Erziehung seiner Bäume, bei Rückschnitt und Korrektur, nicht zögern. Selbst nach schlimmsten Sturmschäden wird er alles tun, um den Baum und damit einen ordentlichen Ertrag zu sichern.

Syrus erscheint und meldet: Der Kaiser ist vorgefahren! Seneca und seine Freunde gehen nach draußen, wo sie erstaunt feststellen, dass Nero Arm in Arm mit seiner Mutter einer Sänfte entsteigt. Die begleitende Garde steht bereits Spalier.

Seneca: Majestät, wir freuen uns, dass Ihr zu unserer Besprechung kommt. Und wir sind nicht weniger erfreut, dass das Zerwürfnis mit Eurer Mutter beigelegt ist. Seid auch Ihr begrüßt, Agrippina!

Agrippina: Beeilt sich, ihrem Sohn zuvorzukommen. Wie viel wiegt Eure Freude, Seneca? Ein Landgut oder zwei aus Neros Schatulle, vielleicht obendrein eine Million in Gold. Darf ruhig auch ein wenig mehr sein, da alles Materielle für Euch ohnehin nicht zählt! Selbstlos wie ein König Midas …

Nero: Halt an dich Mutter! Zum guten Herrscher gehört, dass er seinen Freunden gegenüber großzügig ist. Das gilt besonders, wenn diese ihm in schwerer Stunde selbstlos beistanden!

Agrippina: Lacht gekünstelt. Von wegen schwere Stunde!

Nero stößt sie mit dem Ellbogen in die Seite. Inzwischen ist auch Burrus erschienen.

Nero: Meine Freunde, ihr habt gebeten, ich solle mir diesen Nachmittag freihalten, da wichtige Entscheidungen anstehen. Doch bedenkt, meine Zeit ist begrenzt. Er lächelt souverän. Immerhin habe ich von meinem Lehrer Seneca gelernt, dass nichts kostbarer ist als die Zeit, obwohl sie und damit ihr Leben den meisten Menschen ungenutzt verstreicht. Macht es also kurz: Was gibt es zu entscheiden?

Burrus: In etlichen kaiserlichen Provinzen, Majestät, muss die Stelle des obersten Verwaltungsbeamten neu besetzt werden. Das gilt auch für wichtige senatorische Provinzen. Im letzteren Fall wartet der Senat darauf, dass Ihr seine Vorschläge bestätigt.

Seneca: Außerdem warten Abgesandte von Vologaeses, dem Partherkönig. Es geht um den ewigen Zankapfel Armenien. Er will seinen Bruder dort inthronisieren.

Nero: Das alles ist zu viel Weltgeschichte für einen Tag! Der Prätor Quintus Paulus veranstaltet ein Wagenrennen, das ich nicht versäumen darf. Auch habe ich heute noch einen Auftritt im Odeon auf dem Ager Vaticanus. Ich will gegen einige griechische Sänger antreten. Arbeitet mir also Vorschläge für die Provinzen aus, in denen ihr die Statthalterposten neu besetzen müsst. Ich werde das hernach genehmigen. Was die persischen Gesandten betrifft: Die wollen mich gewiss persönlich sehen! Es wäre unfreundlich, sie warten zu lassen. Aber machen wir es kurz!

Inzwischen ist Agrippina wieder auf Nero zugegangen und hat sich bei ihm untergehakt, sie will ihn offenbar zu dieser Unterredung begleiten.

Seneca: Ihr könnt doch nicht Agrippina! Was werden diese Gesandten am persischen Hof berichten? Der Herrscher des Imperium Romanum wird an der Hand seiner Mutter zu den Staatsgeschäften geführt!

Nero: Mutter, da hat er recht. Ich will das nicht. In meine Staatsgeschäfte solltest du dich nicht einmischen! Du darfst inzwischen meine Sänfte für den Heimweg nutzen. Zu Burrus. Auf, alter Soldat, suchen wir den Raum für die Unterredung auf. Für Dolmetscher ist doch gesorgt? Und lasst mir eine Sänfte mit Schnellläufern kommen, die mich nach der Unterredung umgehend zum Wagenrennen im Circus Maximus bringen.

Nero schickt sich an, mit Seneca und Burrus die persischen Gesandten aufzusuchen, Agrippina ihrerseits macht kehrt und läuft zur bereitstehenden Sänfte. Doch vorher wendet sie sich nochmals um und ruft erregt.

Agrippina: Die Mutter, die ihn zu dem gemacht hat, was er ist, von sich stoßen, stattdessen seinen Schulmeister und diesen lädierten Wachtmeister da mit Gold überhäufen, das wird böse für dich enden, Claudius Nero. Merk es dir: Eine Orakelpriesterin hat mir deine Karten offengelegt!

Nero: Im Weggehen zu Burrus. Lasst sie nicht aus den Augen und achtet mir darauf, dass sie auf keinen Fall mit der Giftmischerin Locusta zusammentrifft!

Burrus: Die ist, wie befohlen, in sicherer Obhut eines Offiziers. Sie darf ihr Domizil nicht verlassen.

Nero: Wusste ich doch, dass ich mich auf meine Freunde verlassen kann!

X

In einer Villa in Baiae, die Nacht ist durch den Vollmond erhellt. Im Peristyl empfängt Seneca seinen Mitstreiter Burrus.

Seneca: Sei gegrüßt, Freund! Selten war ich auf dich, will sagen, auf die Neuigkeiten, die du mitbringst, so gespannt.

Burrus: In diesem Fall muss der Empfänger dem Überbringer helfen zu verstehen, was gespielt wird. Doch sag mir zunächst: Was machen deine Beschwerden? Du scheinst deutlich leichter zu atmen als am späten Nachmittag.

Seneca: So ist es in der Tat. Meine Leute haben mich in der Sänfte am Meer auf und ab getragen. Der zähe Schleim hat sich durch die Seeluft und die Bewegung gelöst, ich konnte sogar nach einiger Zeit Eudoxus eine Satire über das Zeitvergeuden an diesem Lasterort Baiae diktieren.

Eudoxus: Er hat die Gegend wirklich nicht geschont. Man könnte meinen, von hier aus führe der Weg direkt zu den übelsten Büßern in die Unterwelt hinunter.

Burrus: Lacht. Vielleicht liegt er da gar nicht so sehr daneben.

Seneca: Räuspert sich. Doch ersten Gerüchten zufolge gibt es an diesem garstigen Ort auch eine ungewöhnliche Aussöhnung.

Burrus:	Verstanden: Du willst erfahren, was sich bei Neros abendlichem Gelage abgespielt hat.
	Wer hätte darauf wetten mögen, dass Agrippina der Einladung Neros zu diesem Fest überhaupt folgt? So waren alle aufgeregt, als sich am Nachmittag die Nachricht verbreitete, Agrippina sei in Misenum an Land gegangen. Sie hatte von Antium aus ein Schiff der kaiserlichen Flotte benutzt. Hier nun stand ein kaiserlicher Schnellruderer festlich geschmückt für ihre Fahrt nach Baiae bereit. Aus irgendeinem Grund lehnte sie dies ab, ließ sich stattdessen von ihren Leuten hier mit der Sänfte in ihre Villa nach Bauli bringen. Sah irgendwie nach Misstrauen aus! Doch von Bauli aus begab sie sich am Abend in Neros Palast.
Seneca:	Und Poppea, seine Geliebte, ist sie auch hier?
Burrus:	Wo denkst du hin! Von denen, die in Misenum dabei waren, erfuhr ich, Nero habe seine Mutter so stürmisch und dann so zärtlich begrüßt, wie man einer begegnet, in die man sich gerade frisch verliebt hat.
Seneca:	Beim Herakles! Da haben wir ein echtes Problem – wieder einmal!
Burrus:	Sofern die Zuneigung nicht gespielt ist und solange die Flamme so kräftig lodert: ein gewaltiges Problem!

Seneca:	Ich war so zuversichtlich, dass diese Poppea ihn ein für alle Mal aus den Fängen seiner Mutter befreit. Wozu sonst mussten wir nachhelfen und Poppeas Ehemann, den Salvius Otho, als Gouverneur nach Lusitanien befördern? Es lief dann ja ganz gut in letzter Zeit. Solange sich Nero und Agrippina stritten oder besser, schweigend aneinander vorbeisahen, redete uns niemand in die politischen Geschäfte hinein.
Burrus:	Was Agrippina betrifft, bin ich ganz deiner Meinung. Anders bei Poppea: Die lauert wie eine Spinne. Sobald Nero sich endgültig in ihrem Netz verfangen, also ausgezappelt hat, wird sie die Fäden anziehen. Ich glaube, mit der haben wir noch weniger zu lachen als mit Agrippina.
Seneca:	Wir haben immerhin noch Acte, die wir dann ins Feld schicken können!
Burrus:	Wir sollten sie eher zurückhalten, das arme Ding, damit nicht Agrippina oder Poppea einer Giftmischerin Dienste in Anspruch nehmen!
Seneca:	Du magst recht haben. Doch du spannst mich auf die Folter: Wie ist es denn bei Neros Gelage zugegangen?
Burrus:	Hätte jemand vorhergesagt, dass es zur zärtlichen Umarmung von Mutter und Sohn noch eine Steigerung geben könnte, man hätte ihn für

verrückt erklärt. Doch es kam dann so. Nero bot Agrippina beim Gelage den Platz direkt an seiner Seite an und war ein höchst aufmerksamer und charmanter Gastgeber, der sich fast nur um sie kümmerte. Er bedient sie höchstpersönlich, sie schien kein bisschen misstrauisch mehr und ließ sich von ihm mit Leckerbissen verwöhnen. Ab und zu besprachen sie etwas vertraulich, als ob die anderen das nicht hören sollten, oder er flüsterte ihr ins Ohr, was auf ihrer Seite ein zustimmendes Lächeln hervorrief. Kurz: Du hättest annehmen können, da lagere ein Liebespaar. Auch was die Dauer betraf: Es schien, als könne er sich nicht von ihr trennen. Sein Zeremonienmeister, dieser Petronius, hatte nichts zu tun an diesem Abend. Zum Glück konnte ich mich auf meine dienstlichen Verpflichtungen berufen. Ich habe gesagt, ich müsse noch die Losung für die Nachtwache ausgeben. So bin ich dem nicht enden wollenden Gelage entkommen!

Von draußen sind plötzlich Stimmen zu vernehmen, Als die Unruhe zunimmt, begeben sich Seneca und Burrus vor das Haus. Leute laufen mit Fackeln vorbei und eilen zum Strand. Dort ist zunächst wenig zu sehen, erst nach einiger Zeit haben sich die Augen an das Licht der Vollmondnacht gewöhnt; weit draußen treibt auf der glatten See ein Boot, das aussieht wie ein kaiserlicher Schnellruderer. Dann erscheinen einige

Leute Neros, in deren Gefolge schließlich dieser selbst. Nero ist außer Atem, blass, hat Schweißperlen auf der Stirn, bringt zunächst kaum einen Laut heraus, stöhnt verängstigt, zittert.

Nero: Un… was für ein Un…glück … ich Armer! Bin verlor…

ein Begleiter:Ein Unfall!

ein anderer: Was für ein Schicksalsschlag! Und das nach so einem Abend!

Seneca: Könnt ihr mir vielleicht … oder Majestät, vielleicht Ihr …?

Nero: Ich … ich bin nicht … wer kann …

Burrus: Energisch. Also, wer kann uns jetzt erklären, was passiert ist?

Einer von Neros Begleitern fasst sich ein Herz.

Begleiter: Da wartete ein Schiff am Anleger von Baiae, das die Kaiserin …

Burrus: Welche Kaiserin?

Begleiter Ich meine Neros Mutter Agrippina. Da wartete eben dies Schiff, das sie zu ihrer Villa nach Bauli zurückbringen sollte. Der Kaiser hat sich lange von ihr verabschiedet, hat sie geküsst und umarmt, als ob er …

Burrus:	Als ob er was?
Begleiter:	Als ob er geahnt hätte, was dann …
Seneca:	Was dann? Nun mach schon zu!
Begleiter:	Als ob er geahnt hätte, was ihr dann zustoßen könnte.
Burrus:	Zustoßen?
Begleiter:	Ich habe es nur von Land aus beobachtet. Sie waren ein, zwei Meilen hinausgefahren, das ruhige Meer war klar und hell, wegen des Vollmondes. Dann muss es da draußen ein Unglück auf dem Schiff gegeben haben. Schreie und Rufen hat man sogar noch an Land gehört. Irgendetwas muss ins Meer gestürzt sein!
Nero:	Dank Anicetus!
Burrus:	Anicetus? Der Flottenkommandant von Misenum?
Nero:	Und ich war mir so sicher: Auf den ist Verlass!

Ein Bote kommt angelaufen.

Bote:	Agrippina schickt mich.
Nero:	Hysterisch. Wer? Agrippina? Sie lebt? Wo ist sie? Ich bin verloren!
Bote:	Sie konnte entkommen. Zwei ihrer Begleiter sind tot, sie selbst schwamm ein Stück und wurde dann von einem Fischerboot …

Eudoxus:	Was für ein Fang!
Seneca:	Bringt ihn mit einem Blick zum Schweigen. Und, weiter, wo ist sie jetzt? Und weshalb verloren, Majestät?
Nero:	Zittert, wirkt verängstigt. Ja, wo ist sie? Ist sie wenigstens, ich meine, ist sie richtig verletzt?
Bote:	Sie sagt, sie brauche Ruhe, müsse diesen perfiden Angriff erst einmal verarbeiten. Ihr sollt sie auf keinen Fall aufsuchen, Majestät!

Der Bote greift verlegen zum Knauf seines Kurzschwerts, das er an der Seite trägt, als ob er sich vergewissern wolle, dass es noch da ist, Nero weicht entsetzt zurück, schreit erregt.

Nero:	Er will mich töten. Sie hat ihn geschickt! Sie trachtet mir schon lange nach dem Leben! Nehmt ihm das Schwert ab!

Burrus befiehlt zwei Soldaten der Garde, den Boten in ihre Obhut zu nehmen.

Seneca:	Weshalb sollte sie Euch töten, Majestät?
Nero:	Stammelt. Anicetus! Er hat versprochen, dass es funktioniert.
Burrus:	Funktioniert? Was heißt das?
Nero:	Eine Vorrichtung, die draußen auf See die Gäste vom Schiff ins Wasser versenken sollte. Todsichere Sache, hat er mir geschworen.

Burrus:	Majestät, habe ich das recht verstanden? Wisst Ihr, worauf Ihr euch da eingelassen habt? Sie war, nein, sie ist immerhin eure Mutter!
Nero:	Mutter, sagt ihr? Sie hasste mich schon lange, sie hätte mich früher oder später beseitigen lassen. Von einer Giftmischerin oder wem auch immer. Meine Freunde und Lehrer, so helft mir doch! Noch bin ich der Kaiser, noch bin ich nicht ganz verloren. Ihr habt doch stets guten Rat für mich gehabt.
Seneca:	Halblaut. Ein Tor, wer verkennt, dass jeder sich seinem Schicksal fügen muss. Eine noch größere Törin, die sich anmaßt, auch anderer Schicksal zu beeinflussen. So entgeht beiden, was auf sie selbst zukommt. Schaut lange auf Burrus. In diesem Fall ist guter Rat nicht leicht zu haben. Was können wir – fällt dir vielleicht eine Lösung ein? Es geht – Er seufzt. – wieder einmal um das Imperium, das in schwere See geriete, wenn wir Agrippina jetzt freie Hand ließen!
Burrus:	Du orakelst, und mir und meinen Leuten sind die Hände gebunden. Wir haben unseren Eid auf das Kaiserhaus geschworen, und dazu gehört auch Agrippina, was immer man ihr vorwerfen kann.
Seneca:	Entschlossener. Aber wir können auch nicht abwarten, bis sie die Soldaten gegen den Kaiser aufwiegelt. Dem müssen wir zuvorkommen!

Burrus:	Überlegt, dann ebenfalls klar und deutlich. Das mit den Soldaten lass meine Sache sein! Was das andere betrifft: Soll doch Anicetus zu Ende bringen, was er versprochen und begonnen hat. Wir bleiben hier, und Majestät bleiben am besten in unserer Obhut. Hier seid Ihr sicher.
Nero:	Zu seinen Leuten, eine Last scheint von ihm abgefallen. Schnell, schnell, eilt euch, bevor es zu spät ist. Die Furie ist zu allem fähig. Bittet den Anicetus, er soll es, wie der gute Burrus das sagt, zu Ende bringen. Und sagt ihm, ich werde ihm das vergolden und nie vergessen!

Neros Diener eilen davon, Nero legt sich auf eine Liege in Senecas Villa und versucht, Ruhe zu finden. Doch der Kaiser scheint ein Häufchen Elend zu sein. Ab und zu schreckt er auf, stammelt etwas von Rachegeistern, von einem Haupt mit Schlangen, die Feuer speien. Dann beruhigt ihn Eudoxus, der mit zwei Soldaten zu seinem Schutz in der Nähe geblieben ist.

Nach einigen Stunden, während derer sich auch Seneca und Burrus zurückgezogen haben, wird es plötzlich laut vor dem Haus, Vertraute Neros kommen zurück. Draußen dämmert es bereits, ein neuer Tag bricht an. Auch Seneca und Burrus hat der Lärm alarmiert.

ein Soldat:	Majestät, melde: Der Auftrag ist ausgeführt!
Burrus:	Was habt ihr getan?

Soldat:	Anicetus hat erst einmal die aufgeregten Leute vor Agrippinas Palast verscheuchen lassen, dann ist er mit zweien seiner Offiziere in ihr Haus eingedrungen. Alle drei hatten das Schwert gezückt. Gleich darauf flohen aus einem Hintereingang aufgeregt schreiende Diener und Dienerinnen. Als Anicetus mit den beiden Männern zurückkam, hallte nur die einsame Totenklage einer Magd durch die Nacht. Anicetus hat dann einen Begleiter erneut ins Haus geschickt. Danach war nichts mehr zu hören.
Burrus:	Schaut die Prätorianer in seiner Begleitung an. Wir sollten verhindern, dass mit euch Gleiches geschieht. Ihr seid sicher, dass ihr nichts gesehen oder gehört habt?
Prätorianer:	Wir werden schweigen wie die zum Felsen erstarrte Niobe!

Burrus verlässt kurz den Raum, kommt dann mit einer weiteren Gruppe von Gardesoldaten zurück. Diese salutieren und versichern wie einstudiert:

Majestät, wir beglückwünschen Euch und das Imperium zu Eurer Rettung! Was immer geschehen mag, wir versichern Euch unserer Treue.

Burrus gibt ihnen einen Wink, sie verlassen den Raum, Nero schluchzt noch ab und zu, beruhigt sich aber allmählich.

Seneca:	Was müssen wir als nächstes unternehmen?
Burrus:	Wir werden zusammen mit meinen Leuten die Nachricht verbreiten, dass ein Anschlag auf den Kaiser –
Seneca:	– verhindert wurde! Und wir werden Dankopfer anordnen müssen. Noch eines: Agrippina –
Nero:	Was machen wir mit ihr? Eudoxus hast du einen Rat?
Eudoxus:	Ich schlage für meine einstige Herrin vor: Wir lassen ihr, wie es einer Toten zusteht, den Scheiterhaufen im Innenhof ihrer Villa errichten. Dann können wir ihre Asche noch heute in einer Urne bergen.
Burrus:	Tüchtig für einen Bücherwurm! Solche Entschlossenheit musst du deinem Herrn abgeschaut haben.

Seneca räuspert sich vernehmlich.

Nero:	Und wer kümmert sich um mich?
Burrus:	Eudoxus, was schlägst du diesmal vor?
Eudoxus:	Majestät können in wenigen Tagen, wenn überall Dankopfer für Ihr Überleben abgehalten werden, auf dem Landweg nach Rom reisen. Die Leute müssen sehen, dass ihr Kaiser wohlauf und bestens gelaunt ist!

Seneca: Vor allem bestens gelaunt! Ich werde mich inzwischen an den Senat in Rom wenden, damit man Majestät nach ihrer Ankunft dort empfängt, wie es einem Kaiser gebührt.

XI

In der Palastanlage, die Seneca und Burrus als Sitz der kaiserlichen Verwaltung dient. Seneca geht unruhig auf und ab und bespricht sich dabei mit seinem Sekretär Eudoxus, der an einem Schreibpult steht.

Eudoxus: Was hat sich der Kaiser nur dabei gedacht? Da ist er vor acht Tagen nach Neapel gereist, um dort seine Arien vorzutragen. Der Gitarrist Euterpos hat ihn wie immer begleitet. Es gab jede Menge Beifall, er wurde frenetisch bejubelt.

Seneca: Nachdem seine mitgereisten Claqueure die Stimmung ordentlich angeheizt haben.

Eudoxus: Und weil das griechische Publikum, wie er meint, für seine Kunst besonders empfänglich sei. Deshalb hat er nach der Vorstellung jede Menge Tische im Odeon aufschlagen lassen, hat im Kreis von Hunderten, die nun erst recht empfänglich wurden, gespeist. Und bei dieser Gelegenheit hat er dem ganzen griechischen Osten des Reiches Abgabenfreiheit versprochen. Ein für alle Mal!

Seneca: Eine Katastrophe! Solch ein Versprechen ist der Ruin für das römische Imperium. Womit sollten wir alleine die Ausgaben für das Militär und dessen Veteranen bestreiten? Eudoxus, du musst eine Übersicht über alle unverzichtbaren Ausgaben anfertigen – und natürlich über die

Einnahmen! Nur wenn wir ihn damit konfrontieren, wird er sein Versprechen vielleicht als Versprecher begreifen.

Burrus erscheint mit einem kleinen Gefolge von Prätorianern. Er gestikuliert aufgeregt.

Seneca: Was gibt es Freund? Du siehst nicht gerade entspannt aus.

Burrus: Der Kaiser!

Seneca: Über die möglichen Folgen seines Auftrittes in Neapel haben wir gerade gesprochen.

Burrus: Ich komme wegen ganz anderer Folgen: Seine nächtlichen Umtriebe!

Seneca: Es gibt Gerüchte, es gehe dabei wild zu.

Burrus: Wild? Verwildert! Du wirst es nicht glauben: Manches Mal wünsche ich mir seine Mutter zurück! So übel sie uns mitgespielt hat, sie hat ihn doch einigermaßen im Griff gehabt. Inzwischen liegt Nero auf dem Kranklager und ein halbes Dutzend Ärzte ringen mit- und gegeneinander um die beste Therapie. Einer hochnäsiger als der andere, mich als Laien haben sie des Raumes verwiesen. Habe aber durchgesetzt, dass mein Regimentsarzt an Ort und Stelle bleibt!

Seneca: Was ist passiert?

Burrus:	Ich wurde von meinen Gardesoldaten zu Hilfe gerufen. Sie haben ihn aus einer Taverne geholt. Da lag er blutend, verletzt am Schädel und am Unterleib, einen Arm hatte man ihm ausgekugelt … und er würde noch verletzt dort liegen, hätte man ihm nicht die Perücke abgenommen. Da erst erkannte man, dass es sich um den Kaiser handelt. Meine Leute haben ihn sofort ins Lazarett der Garde gebracht, geistesgegenwärtig hat ein Offizier die Taverne abgesperrt. Er hat keinen heraus- oder hineingelassen. Dann haben sie sofort nach mir geschickt.
Seneca:	Nun sag schon, was vorgefallen ist!
Burrus:	Ich habe es erst erfahren, als ich dem Wirt angedroht habe, ich würde ihn von der Garde so lange mit Stockschlägen bearbeiten lassen, bis er mit nichts als der Wahrheit herausrückt.
Seneca:	Mit der Wahrheit?
Burrus:	Genau der! Sie ist schlimmer, als du dir träumen lässt. Sollen wir vielleicht den Eudoxus nach draußen schicken?
Seneca:	Der ist eine Menge gewohnt und ist absolut zuverlässig.
Burrus:	Gut! Der Wirt, oder besser, seine Frau wird draußen von zwei Soldaten bewacht. Ihr Mann hat bei der Rauferei einiges einstecken müssen,

deshalb haben wir die Frau mitgenommen. Sollen wir sie hereinholen? Sie könnte berichten, was genau passiert ist.

Seneca: Auch wenn es uns manches Mal schmerzt, der Wahrheit ins Auge zu sehen ist allemal besser als sich um sie zu drücken!

Burrus fordert Eudoxus auf: Führ diese Bulbula herein!

Seneca: Zwiebelchen?

Burrus: Ja, Bulbulus heißt der Wirt, von dem ich sprach.

Hereingeführt wird eine dicke Frau mittleren Alters, die verängstigt grüßt.

Seneca: Lass hören, was gestern bei euch vorgefallen ist!

Bulbula: Ich versichere den Herren: Ich werde nichts als die Wahrheit sagen!

Seneca: Nichts anderes erwarten wir von dir.

Bulbula: Die Herren wissen es vielleicht schon. Der Kaiser tut regelmäßig nach Aufführungen im Circus Maximus nächtliche Umzüge unternehmen. Mit seinen Kumpanen, halt. Dazu tun sie sich in einer Kneipe Mut antrinken.

Seneca: Auch bei euch?

Bulbula:	*Breitet wie zur Entschuldigung die Arme aus.* Was sollen wir machen? Es ist nicht leicht! Hab sechs Kinder, mein Mann hat eine Hand beim Militär verloren. Wir können uns die Gäste und ihre Wünsche nicht aussuchen.
Seneca:	Sprich weiter!
Bulbula:	Wenn sie ordentlich was getrunken haben, tun sie mit eher harmlosen Späßen beginnen: Sie erschrecken einsame Nachtschwärmer, lärmen die Anwohner von großen Mietshäusern aus dem Bett, hauen dann fluchtartig ab, machen den Fuhrleuten, die nachts in die Stadt kommen, die Ochsen scheu, und was ihnen sonst noch so einfällt. Schlimmer, wenn sie nachgetankt haben.
Seneca:	Nachge ... was?
Bulbula:	Ich will sagen: Wein nachgetankt, der Herr. So nennt mein Mann das! Dann tun sie Geschäfte und Werkstätten aufbrechen, tun Waren samt Einrichtung auf die Straße werfen. Wehe dem Ladenbesitzer, der sich wehrt. Letzte Nacht aber sind sie bei ihrer Randale auf den Senator Quintus Fulvius Atrox getroffen. Der hat so laut geschimpft, dass ringsum die Nachbarn auf die Straße gekommen sind: Nero, schreit er, hat vor kurzem seinen Sohn, dann auch noch seine Tochter geschändet. Er würde nun den Richter,

Rächer und Vollstrecker in einem geben. Seltsam war: Der Senator, sagt mein Mann, wusste ganz genau, wer sich unter der Perücke verbirgt. Er hat sich gleich den Richtigen gegriffen. Also ist er über Nero hergefallen und hat angefangen, ihn mit den Fäusten zu traktieren. Neros Spießgesellen rannten um ihr Leben. Feige Typen! Und wenn nicht mein Mann dem Senator Einhalt geboten und ich den Kaiser in die Taverne gezogen hätte, wer weiß, wer demnächst in Rom der Kaiser wäre! Ich habe ihm das Blut abgewaschen und dabei erkannt, um wen es sich bei dem Verletzten handelt tut. Deshalb habe ich unseren Jüngsten zur kaiserlichen Garde geschickt. Ich hoffe, man tut uns das danken!

Burrus: Zu seinen Soldaten Führt sie ab! Wenn sie und ihr Mann versprechen, keinem zu erzählen, was vorgefallen ist, werden wir Gnade vor Recht ergehen lassen. Kein Wort! Andernfalls gibt es diesmal Prügel fürs Reden!

Zwei Soldaten führen die Wirtin ab, die ein wenig hinkt. Dabei dreht sie sich immer wieder um und bedankt sich unterwürfig.

Seneca: Das alles ist – Er holt tief Atem. – nach Agrippinas Tod viel schlimmer geworden. Erst schien er einige Wochen lang bedrückt und in sich gekehrt,

	doch jetzt: Er scheint mir völlig enthemmt im Guten –
Burrus:	Gibt's das bei ihm auch?
Seneca:	Selten genug! Ich wollte sagen: wie im Bösen.
Burrus:	Wohin soll das führen? Eudoxus, hast du einen Rat, wie man Raubtiere zähmt?
Eudoxus:	Habe zwar keine direkten Erfahrungen mit dieser Spezies, Präfekt. Doch soweit ich weiß: Man muss ihnen ausreichend zu fressen geben. So machen es jedenfalls die Leute vom Circus.
Burrus:	Du meinst, das hilft auch hier?
Seneca:	Die Tiere dösen dann eine Zeitlang vor sich hin, doch nur, bis ihnen die nächste Beute über den Weg läuft!

Einen Moment herrscht ratloses Schweigen, dann fasst sich Eudoxus als erster.

Eudoxus:	Wenn ich die Herren an die Tagesordnung erinnern darf: Was wird aus dem Untersuchungsbericht über die Ereignisse in Britannien? Den sollte doch heute der Kaiser entgegennehmen. Draußen steht nämlich –
Burrus:	Den entgegenzunehmen ist diesmal allein unsere Aufgabe. Der Kaiser ist dazu nicht in der Lage!

Seneca:	Eudoxus, ruf du den Polyclitus herein, der die britannische Untersuchungskommission angeführt hat.
	Ein kahlköpfiger, aber drahtiger Mann mittleren Alters erscheint, er hat zwei Papyrusrollen unter dem Arm.
Polyclitus:	Seid mir gegrüßt, Minister Neros und Verwalter dieses Weltreiches. Ich bin gekommen, um dem Kaiser den abschließenden Bericht zu den Vorgängen in Britannien zu übergeben.
Seneca:	Polyclitus, du musst mit uns vorliebnehmen; der Kaiser ist leider indisponiert.
Polyclitus:	Bei Jupiter, es ist doch hoffentlich nichts Ernstes?
Seneca:	Ja und nein! Aber sei unbesorgt, er wird sich erholen. Einstweilen musst du uns Rede und Antwort stehen. Doch ich bitte dich: Trag uns eine gekürzte Version deiner Recherchen vor. Den ausführlichen Bericht werden wir, sobald er genesen ist, dem Kaiser zu gründlichem Studium weiterleiten.
	Burrus und Eudoxus schmunzeln. Polyclitus händigt die Papyrusrollen dem Eudoxus aus, verbeugt sich ehrerbietig vor Seneca und Burrus und beginnt dann mit seinem Bericht.
Polyclitus:	Die Herren erlauben, dass ich etwas weiter …

Burrus:	Besser etwas enger! Dass es um die Probleme mit den Stämmen der Trinobanten und Icener und ihrer aufsässigen Königin Boudicca geht, wissen wir bereits, auch das wenig sensible Vorgehen des kaiserlichen Bevollmächtigten Gaius Decianus ist uns bekannt.
Polyclitus:	Eingeschnappt. Ja, wenn die Herren schon alles wissen!
Seneca:	Polyclitus, zum letzten Mal: Wir möchten erfahren, was du bei deinen Nachforschungen in Britannien herausgefunden hast. Doch konzentriere dich bitte auf das Wesentliche! Burrus nickt nachdrücklich.
Polyclitus	Wieder unterwürfiger. Entschuldigt, ich vergaß, dass ich offenbar vielbeschäftigten Ministern gegenüber ... Also, die Sachlage ist die: Nach dem Tod des Prasutagus gingen unsere Leute davon aus, dass das an seine Person gebundene Klientelkönigtum erloschen ist.
Burrus:	Genauso ist es!
Polyclitus:	Das wollte dessen Witwe Boudicca aber nicht akzeptieren. Man ist ihren Ansprüchen entschieden entgegengetreten, durchaus auch mit Gewalt.
Burrus:	Korrekt so!
Polyclitus:	Sie hat dann behauptet, sie sei vergewaltigt worden, ihre Töchter ebenfalls.

Seneca:	Wer sich im Kriegsfall ergibt, der ist zu schonen. Aber mit Behauptungen ist das so eine Sache: Die machen so manche Verwandlung durch, und hinterher weiß keiner mehr, was wirklich geschehen ist.
Polyclitus:	So ist es. Boudicca hat sich zur Königin aufgeschwungen, hatte binnen kurzem fünfzigtausend Mann hinter sich, die dazu gehörenden Sippen obendrein, und dann zogen sie los mit Sack und Pack wie einst unter Gaius Julius Cäsar die Helvetier. Es ging jedoch nicht um neue Siedlungsgebiete, es ging eindeutig gegen die römische Herrschaft. Auch die Trinobanten waren mit von der Partie. In diesem Zusammenhang sind auch gegen Euch, Seneca, schwere Vorwürfe erhoben worden.
Seneca:	Vorwürfe gegen mich? Wie das? Ich war nie in Britannien.
Polyclitus:	Ihr nicht, aber euer Geld! Ihr sollt fünfzig Millionen, die ihr als Darlehen dorthin gegeben habt, von jetzt auf nachher abgezogen und die Zinsen rüde haben eintreiben lassen.
Seneca:	Fuchtelt mit hochrotem Kopf erregt mit den Händen. Was bilden sich diese Leute bloß ein? Das hat man davon, wenn man mit seinem Geld die Entwicklung am Rande des Imperiums fördern will. Richtig, ich habe reichlich Kredite gewährt,

richtig, ich habe auch Zinsen verlangt. Ist das neuerdings anrüchig?

Burrus: Geht auf Seneca zu, legt ihm den Arm über die Schulter und klopft beruhigend mit der Hand auf den Rücken. Beruhige dich, Freund. Wir werden herausfinden, wer da noch eine alte Rechnung mit dir offen hat. Verlass dich drauf, wir werden sie umgehend stornieren!

Seneca: Gestikuliert noch immer erregt. Richtig ist, ich habe mein Geld abgezogen, als es unruhig wurde. Hätte ich es lieber abschreiben sollen? Alle anderen, die Geld nach Britannien verliehen haben, handelten ebenso. Da würde wohl jemand gerne sehen, dass ich herbe Verluste einstecke.

Burrus: Ruhe, sage ich. Wir regeln das! Weiter, Polyclitus!

Polyclitus: Man kann sagen, fast die ganze römische Provinz Britannien geriet in Aufruhr. Wäre da nicht Suetonius Paulinus gewesen, der mit nur zwei Legionen und einigen Hilfstruppen dem Spuk ein Ende gemacht hat. Da die Briten über wenig Kampfestaktik verfügten, zudem durch den ungeheuren Tross aus Familienangehörigen behindert waren, war es für uns Römer ein leichtes, ihnen eine nachhaltige Niederlage zuzufügen. Es blieben von ihnen nur wenige übrig.

Seneca: Und Boudicca?

Polyclitus:	Gift! Was blieb ihr sonst? Ein Problem: Die gewaltige Niederlage und die Entschlossenheit des Suetonius Paulinus, selbst die geringsten Reste von Widerstand mit aller Macht zu ersticken, haben auf der Insel zu einem gefährlichen Gemisch aus Angst und trotzigem Aufbegehren geführt. Das schwärt wie eine offene Wunde weiter.
Burrus:	Paulinus musste hart durchgreifen!
Seneca:	Dennoch könnte es nicht schaden, wenn wir ihm zusammen mit dem Kaiser für diesen Sieg einen Triumph gönnen, ihn danach versetzen und nach Britannien jemanden schicken, der, weil weniger vorbelastet, die Lage beruhigen kann.
Burrus:	Lachend zu Seneca. So wie ich das vorhin mit dir gemacht habe. Bin mit allem einverstanden. Zu Polyclitus. Du hast deine Sache gut gemacht, Polyclitus. Wir werden deinen Bericht an den Kaiser weiterleiten und dich lobend erwähnen. Ich bin sicher, es wird sich für dich auszahlen!

Kaum hat sich Polyclitus entfernt, da wird es draußen unruhig. Die gleichmäßigen Schritte von Soldaten sind zu hören, jemand pocht heftig an die Tür. Als die geöffnet wird, kommt ein Dutzend Gardesoldaten herein, von denen vier eine Sänfte tragen. In dieser sitzt mit verbundenem Schädel, aber offensichtlich wieder gutgelaunt, Nero.

Gardesoldat: Seine Majestät, der Kaiser!

Seneca schaut Burrus verwundert an, der schaut nicht weniger ratlos drein.

Nero: Hallo, meine Freunde, wie schön euch zu sehen! Hier fühle ich mich endlich sicher. War halt doch heftig gestern Nacht. Und dann diese Ärzte mit ihrer Geschäftigkeit!

Seneca: Majestät hat den goldenen Lorbeerkranz gegen ein dickes Leinenflies eingetauscht?

Nero: Das waren die Ärzte! Fasst sich an den Kopf. Steht mir wohl weniger gut. Oder was meint ihr?

Seneca: Weniger! Majestät sollte sich hüten, dies zum dauerhaften Kopfschmuck werden zu lassen.

Nero: Hab ich nicht vor. Deswegen habe ich mich herbringen lassen. Ich will endlich seriös werden. Wie schafft ein Mann in meinem Alter das? Er muss eine ordentliche Frau an seiner Seite haben.

Burrus: Majestät haben eine solche, wenn mich nicht alles täuscht.

Nero: Da könnt ihr nur die Poppea Sabina meinen. Ach ja, habe ja auch noch diese Claudia Octavia, diesen Klotz am Bein.

Burrus:	Ich sprach von dieser, würde sie allerdings nicht als Fußfessel betrachten. Sie scheint mir wie eine Taube im Vergleich zu jener Greifvogelin.
Nero:	Ach Burrus, glaub mir, da bin ich nun mal näher dran. Zumindest was die Poppea betrifft, kann ich deine Einordnung deshalb nicht nachvollziehen. Ich muss, was du Taube nennst, endlich loswerden. Sonst kann ich Poppea nicht heiraten; die wird nicht ewig warten.
Burrus:	Glaubt mir, die wartet alle Zeit, denn sie hat ein eindeutiges Ziel. Ist darin Eurer Mutter vergleichbar. Aber ich warne Majestät, was Octavia betrifft. Sollte ihr etwas zustoßen, geht das weniger glimpflich aus als bei Agrippina. Sie genießt im Volk den Ruf einer – wie soll ich sagen? – einer, die so edel ist wie eine Artemis-Priesterin.
Nero:	Das Volk, das Volk. Müssen wir es halt ein wenig ablenken, Burrus, vielleicht mehr und besser unterhalten. Dafür schluckt es alles.
Burrus:	Und der Senat?
Nero:	Auch der bekommt etwas, sobald er die Hand aufhält. Dann wird auch er dieser Octavia keine Träne nachweinen.
Burrus:	Majestät, ich wasche meine Hände in Unschuld!

Nero:	Burrus, du wirst alt! Da nehmen die Bedenken zu. Wohin soll das bei einem Präfekten der kaiserlichen Leibgarde führen?
Seneca:	Das war hoffentlich keine Drohung, Majestät.
Nero:	Wer wird denn gleich an so etwas denken! *Zu den Soldaten.* Bringt mich in meinen Palast! Schade, meine Freunde stehen diesmal nicht auf meiner Seite.

Vier Gardesoldaten nehmen die zur Krankenbahre umfunktionierte Sänfte mit dem Kaiser auf und marschieren gefolgt von den übrigen Soldaten davon.

Seneca:	Auch ich frage mich, wohin das führen soll – du verstehst: mit ihm!
Burrus:	In einem hat er sicher Recht: Ich bin zu alt für seine Narreteien und zu schlicht, um seine Skrupellosigkeit länger zu billigen.
Seneca:	Und ich bin nach wie vor besorgt wegen jener Vorwürfe gegen mich.
Burrus:	Warum das? Du darfst einen Kaiser, wenn er dich großzügig mit Geschenken überhäuft, nicht vor den Kopf stoßen. Würde dir die Stellung am Hof kosten, wenn nicht mehr!
Seneca:	Und was die Leute so gar nicht ahnen: Ist einer derart beschenkt, muss er sich eine Menge einfallen lassen, damit er mit seinem Reichtum das Richtige anfängt. Irgendwie arbeiten lassen

muss er sein Geld doch! Auch ich muss nicht als Bettelphilosoph leben, nur weil ich den Maximen meiner Stoiker folge. Einer von ihnen hat mal ganz vernünftig gesagt: Der Weise hat erst dann, wenn er über Reichtum verfügt, die Möglichkeit, wahre Tugend zu zeigen: Er kann sich dann beim Ausgeben des Geldes mäßigen, kann sich im rechten Moment großzügig zeigen, aber nicht zu sehr, muss über Geschick im Anlegen seines Geldes verfügen, sich vor Diebstahl und Betrug hüten können, sollte dem Geber gegenüber dankbar, aber nicht unterwürfig sein. Ist wahrlich nicht wenig!

Eudoxus: Bei Zeus, solche Mühen bleiben dem Habenichts erspart, weshalb für ihn die Tugend ein entbehrlicher Luxus ist!

Seneca: Ich habe doch nur zitiert!

Eudoxus: Und ich doch nur den logischen Schlussstein unter dies Zitat gesetzt!

Seneca wirft Eudoxus einen skeptischen Blick zu, umarmt Burrus und hat es dann sehr eilig, die Halle zu verlassen.

XII

Mehr als ein Jahr später in Senecas Amtssitz auf dem Palatin. Anwesend sind außer Seneca die Diener Eudoxus und Syrus.

Eudoxus: Seneca, darf ich Euch erinnern, dass wir in zehn Tagen ein Totenopfer für unseren Afranius Burrus darbringen müssen. Sein Todestag jährt sich.

Seneca: Das ehrt dich, Eudoxus, dass du diese Verpflichtung dem Verstorbenen gegenüber nicht vergisst. Auch mir ist das wichtig, obwohl wir alle stets der Überzeugung waren und es noch sind, dass der Tod sich in nichts von dem Zustand lange vor unserer Geburt unterscheidet. Und doch gehören die Pflichten für unsere Verstorbenen zu denen, die wir nicht vernachlässigen dürfen. Sie sind das Band, das uns mit jenen verbindet, die uns nahestanden. Auch wenn der Körper eines Menschen dahinschwindet, bleibt vieles, was wir einst mit ihm teilten und das noch immer Teil von uns Lebenden ist.

Und was unseren Afranius Burrus betrifft: Er war mir mit seiner Aufrichtigkeit und Verlässlichkeit eine Stütze über anderthalb Jahrzehnte, ein Anker, der mir Sicherheit verschaffte, wenn mir angesichts von Unvernunft und Erbärmlichkeit ringsum schwindlig zu werden drohte.

Eudoxus:	Auch wenn ich so manches Mal anderer Meinung war als der alte Draufgänger: Bewundert habe ich diese knorrige Eiche, die so lange heftigsten Stürmen getrotzt hat, immer.
Seneca:	Was er wohl nur schwer ertragen hätte: Wenn er Octavias Demütigung noch hätte erleben müssen. Nach dem Tod unseres Burrus hatte Nero keine Hemmung mehr, sie zu verstoßen.
Eudoxus:	Man hört, sie sei inzwischen nach Pandateria verschifft worden. Dahin verbannte auch Augustus seine Tochter Julia und Caligula seine Schwester Agrippina. Aber beide durften das karge Eiland später wieder verlassen, für Octavia gilt das sicher nicht.
Seneca:	Dafür wird schon Poppea Sabina sorgen, deren Ansprüchen und deren Frechheit Octavia mit ihrer Lauterkeit im Wege steht. Ich befürchte, Octavia könnte wie zuletzt Neros Mutter Agrippina enden. Doch sie hätte es wirklich nicht verdient.
Eudoxus:	Und wie geht es mit uns weiter? Mich beunruhigt: Besucher kommen nur noch selten, Eure letzte Audienz beim Kaiser ist schon einige Monate her!
Seneca:	Eudoxus, dieser Zustand passt irgendwie zur Jahreszeit! Ich war vor ein paar Tagen auf mei-

nem Gut in Nomentum: Da haben sie die Trauben gelesen und das letzte Obst eingebracht. Die Blätter an Bäumen und Rebstöcken hatten schon viel von ihrer grünen Frische verloren, viele fallen bereits verfärbt zu Boden. Das hat mich an Homers Worte in der Ilias erinnert. Für ihn gleichen die Menschen den Blättern im Wald: Manche fallen, andere entfalten sich in frischem Grün – wenn auch zu verschiedenen Zeiten. Auch wir hier, mein lieber Eudoxus, sind Teil dieses Kreislaufes, ob wir das wollen oder nicht. Ich bin im Herbst des Lebens, was meinen Einfluss auf den Kaiser betrifft schon darüber hinaus.

Eudoxus: Verzeiht, Seneca, wenn ich mir damit noch schwertue. Doch welchen Schluss wollt Ihr daraus ziehen?

Seneca: Ich gehe davon aus, dass ich dir und Syrus vertrauen kann. Deshalb: Mein Entschluss steht fest, ich will mich auf mein Gut in Nomentum zurückziehen; meine Pompeia Paulina rät mir schon länger dazu. Es gibt hier nicht mehr viel zu tun für einen wie mich. Das hat auch mit den Leuten zu tun, denen Nero die Nachfolge des Burrus anvertraut hat. Vor allem dieser Tigellinus ist eine Art Antiburrus!

Eudoxus: Wenn der Kaiser das zulässt, würde ich Euch gerne nach Nomentum begleiten.

Syrus:	Denkt auch an mich!
Seneca:	Ich habe bereits um eine Audienz gebeten. Sobald mir Nero diese gewährt, werde ich ihn um diese Gunst bitten. Dabei werde ich auch meine getreuen Mitarbeiter nicht vergessen.

Es kommt sehr bald zu dieser Audienz in Neros Palast. Nero erhebt sich von einem goldenen Thron und geht seinem ehemaligen Lehrer und Minister undurchschaubar lächelnd entgegen.

Nero:	Welche Freude Euch empfangen zu dürfen, mein Annaeus Seneca. Ihr macht Euch rar. Das ist nicht gut. Spüre ich doch mit jedem Tag, an dem ich Euch nicht sehe, mehr, wie sehr Ihr mir fehlt!
Seneca:	Verneigt sich artig. Majestät, das ist mehr als höflich gesagt und schmeichelt mir mehr, als ich es verdient habe. Überhaupt habe ich in langen Jahren weit mehr von Euch erhalten, als mir, einem normalen Sterblichen, zusteht. Bei aller Freude und Ehre war das auch eine schwere Bürde für einen, der so dem Blick der Menschen ausgesetzt ist, der sich zudem zeit seines Lebens zur Askese bekannt hat. Inzwischen ist es eine zu schwere Bürde für einen, bei dem das Alter seinen Tribut fordert. Ihr würdet mir viel von dieser Last nehmen, wenn ich Geld und

Ländereien, die ich von Euch überreichlich erhalten habe, in die Hände eines kaiserlichen Vermögensverwalters legen und damit zurückgeben dürfte. Mit kleinem Besitz, der das rechte Maß nicht überschreitet, will ich mich bescheiden und für den Rest meiner Tage ganz der Philosophie widmen.

Seneca verbeugt sich und schaut danach seinem ehemaligen Schüler lange in die Augen. Auch Nero hat bis dahin geschwiegen, doch nun setzt er lächelnd zu einer Erwiderung an.

Nero: Bedenkt, Seneca, was ich Euch schulden würde, wenn ihr mir in einer Schlacht das Leben gerettet hättet. Gäbe es ein *Genug!* für solch eine Tat? Schwerlich! Dabei habt Ihr mir viel mehr gegeben. Ihr habt mir seit meiner Jugend mit Rat und Tat zur Seite gestanden, seid auch in schwersten Stunden für mich eingetreten, musstet dies manches Mal auch gegen eure Überzeugung durchhalten. Und das Wichtigste: Ihr habt mich mangels eines eigenen Vaters erzogen und geformt, wie das nur ein Vater mit seinem Sohne tut. Kurz: Wer und was ich bin, das verdanke ich Euch! Ich verdanke Euch mehr als nur das physische Leben. Doch meine Jugend zeigt noch manche Schwächen, Euer noch keineswegs hinfälliges Alter hält noch manche Erfahrung bereit. Was sollen Senat und

Volk von Rom denken, wenn Ihr Euch unter diesen Umständen von mir abwendet, wenn ich wie ein Habgieriger das zurücknehme, was Ihr verdientermaßen von mir erhalten habt? Ich bitte Euch also: Lasst mich nicht im Stich, steht mir weiterhin mit Eurem Rat und Eurem Ansehen zur Seite!

Seneca lächelt höflich wie einer, der die Gedanken hinter den schönen Worten durchschaut hat, der Kaiser hingegen selbstbewusst, weil er sich einer geglückten Erwiderung bewusst ist.

Seneca: Majestät, ich wollte mich keineswegs lossagen von der Sorge für das Imperium und dem Dienst für Euch. Ich bat nur, mir ein wenig von der Bürde zu nehmen, die mit dem Alter drückender wird. Es darf keinen Zweifel geben: Auch künftig werde ich mit Rat und Tat zur Verfügung stehen, wenn Ihr ruft. Mein Gut in Nomentum ist nicht weit, und ich werde meinen Kutscher zur Eile antreiben, wenn Ihr mich braucht.

Nero hält ihm die Hand hin und lächelt souverän, schweigt aber beharrlich. Seneca deutet mit tiefer Verbeugung seine Ehrerbietung an und verabschiedet sich.

XIII

In Senecas Villa in Nomentum speisen am späten Nachmittag Seneca, seine Frau Pompeia Paulina, ein Verwalter des Gutes und einige Freunde. Die kleine Gesellschaft beobachtet, wie sich ein Reiter in vollem Galopp dem Haus nähert. Als er vom Pferd springt, erkennen alle, dass es sich um Eudoxus handelt. Der stürzt erregt direkt in den Speiseraum.

Eudoxus: Schnauft heftig. Seneca, schnell, schnell, Ihr müsst weg! Ihr seid in größter Gefahr!

Seneca: Beruhige dich, Eudoxus! Wir haben dich vermisst. Wo kommst du so plötzlich her?

Eudoxus: Ich bin heute Morgen zu Eurem Gut in den Albaner Bergen geritten, weil ich hoffte, Euch dort anzutreffen. Ihr macht ja dort Station, wenn Ihr aus Kampanien kommt. Aber auf dem Gut habe ich erfahren, dass Ihr schon weitergereist seid. Also habe ich sofort kehrtgemacht und bin an der Hauptstadt vorbei direkt hierhergeeilt.

Seneca: Und wer ist hinter dir her, der dich so treibt?

Eudoxus: Die Verschwörung!

Seneca: Die Verschwörung?

Eudoxus: Genau die. Gestern erhielt ich durch einen Boten den Brief von einem Freund, der bei den Prätorianern dient. Ich kenne ihn noch aus der Zeit, als wir auf dem Palatin lebten. Er ermahnte uns, wobei er besonders Euch erwähnte, wir sollten auf das Schlimmste gefasst sein. Es müsse heute oder morgen geschehen, oder alles sei verloren. Epicharis, ein Freudenmädchen und Geliebte eines Offiziers, der in die Pläne eingeweiht ist, hat in Misenum versucht, Offiziere der Flotte zum Abfall von Nero zu bewegen. Das Mädchen wurde verraten, verhaftet, schweigt zwar, aber niemand kann wissen, wie lange sie das durchhält. Nero, heißt es, befürchte jederzeit einen Umsturz, habe die Zahl der Wachen um den Palast vervielfacht und schicke seine Spitzel in alle Richtungen aus. Es kursieren Listen von Verdächtigen, Listen auch von Leuten, die schon lange unliebsam sind. Zum Schluss riet mir mein Informant, das Schreiben sofort zu verbrennen.

Seneca: Dennoch, weshalb sollte gerade ich in Gefahr sein? Ich habe von den Plänen der Leute um Piso zwar sehr vage gehört, doch ich habe mich bewusst aus der Sache herausgehalten. Ich bin zu alt für solche Abenteuer. Abgesehen davon: Ich kann doch nicht meinen einstigen Zögling … *Er schüttelt heftig den Kopf.*

ein Gast: Erinnert Euch! Ihr selbst habt vor einiger Zeit geschrieben: Wenn es für einen Tyrannen und zugleich völlig pervertierten Menschen keine Hoffnung auf Umkehr mehr gibt, dann ist dessen Ende, wie auch immer es herbeigeführt wird, für beide eine Erlösung, für die Allgemeinheit und für den Tyrannen selbst. Ein Tor, wer keinen Bezug herstellen kann!

Seneca: Es handelte sich doch nur um ein Gedankenspiel! Ist es denkbar, fragte ich da, dass sich einer, der uns einst nahestand wie ein Sohn oder sehr guter Freund, derart zum Ungeheuer entwickelt, dass wir von aller gebotenen Rücksicht befreit sind? Zumal dann, wenn wir ihn in die Philosophie eingewiesen haben!

der Gast: Wie immer Ihr das gemeint habt, Seneca: Es ist schwer vorstellbar, dass ein Nero oder einer seiner Günstlinge diese Worte als reine Theorie begreifen. Sie werden sie auf Euch und Euren einstigen Zögling beziehen. Mehr braucht keiner, der noch eine Rechnung mit Euch offen hat und Euch ans Messer liefern will.

Eudoxus: Genau, das meine ich, und nichts anderes! Auch wenn der Anschlag gelingen sollte, es gibt, wie ich weiß, unter den Verschwörern zu viele und zu unterschiedliche Interessen. Wer weiß, was danach folgt! Wenn sie wie üblich Schuldige suchen, wird, was Ihr Gedankenspiel nennt, als Aufruf zur Tat ausgelegt werden. Deshalb seid Ihr so oder so in größter Gefahr. Reist, wenn Euch Euer Leben lieb ist, dahin, wo Ihr sicher seid! Ihr habt doch Freunde jenseits des Adriatischen Meeres.

Seneca:	Eudoxus, von dir hätte ich solchen Vorschlag nicht erwartet. Du kennst mich lange genug, hast all meine Schriften zur Philosophie gelesen, viele herausgegeben. Und nicht selten haben wir in diesem Zusammenhang über das Sterben gesprochen. Wir waren uns einig, dass die Furcht davor so vielen das Leben vergällt. Und dass wir uns davor nur schützen können, wenn wir eine gleichmütige Haltung dem Tod gegenüber rechtzeitig einüben. Das versuche ich seit jeher und kann deshalb jetzt nicht vor dem drohenden Tod davonlaufen.
Eudoxus:	Das klingt, solange man sich nur theoretisch mit dem Phänomen Tod beschäftigt, alles sehr einleuchtend. Steht er aber dann tatsächlich bevor und will man auf solche Unbekümmertheit zurückgreifen, greift man, so fürchte ich, ins Leere!
Seneca:	Eudoxus, wir waren uns auch einig, dass nicht eindrucksvolle Reden oder das Hantieren mit großen Gedanken den wahren Anhänger der Philosophie ausmachen, sondern die Bereitschaft, nach dem zu leben, was er als richtig erkannt hat. Fordere mich also nicht dazu auf, vor meinen eigenen Überzeugungen davonzulaufen! Für einen Sokrates wäre solche Fahnenflucht undenkbar gewesen.

Vor dem Haus wird es unruhig. Ein Dutzend Uniformierte sind hoch zu Ross erschienen, einer, ein Stabsoffizier der Prätorianer, Gavius Silvanus, springt vom Pferd und verlangt laut, zu Seneca geführt zu werden. Derweil versperren die begleitenden Gardesoldaten die verbliebenen Ausgänge des Hauses.

Seneca: Sei gegrüßt, Gavius. Wir kennen uns doch aus der Zeit, als noch Afranius Burrus Präfekt der Prätorianergarde war. Du erinnerst dich?

Gavius ist sichtlich verlegen, hält kurz inne, gibt sich dann aber einen Ruck.

Gavius: Annaeus Seneca, mich schickt der Kaiser höchstpersönlich. Eine Gruppe übel beleumundeter Subjekte hat versucht, die Macht im Staate an sich zu reißen. Das ist ihnen, dem großen Jupiter sei Dank, gründlich misslungen. Nun sind wir dabei, den Staat von diesen Kriminellen und ihrem Anhang zu säubern. Der Ritter Antonius Natalis, den diese Verschwörer schon auf ihre Seite gebracht hatten, hat die Wahrheit der Folter vorgezogen. So hat er unzählige Mitwisser benennen können. Dieser Natalis hat auch gestanden, dass er im Auftrag von Gaius Calpurnius Piso, der Gallionsfigur dieser Verschwörer, zu Euch gesandt wurde. Er sollte sich im Namen Pisos beklagen, weil dieser keine Möglichkeit zu einem Gespräch mit

Euch bekam. Was liegt also näher, als dass Ihr eine Verbindung zu diesem Piso hattet, ihn aber zu diesem Zeitpunkt nicht treffen konntet. Vielleicht, weil ihr keinen Verdacht auf Euch ziehen wolltet?

Seneca: Da kenne ich noch ganz andere, die viel engeren Kontakt zu Piso hatten!

Gavius: Erneut sichtlich nervös, fasst sich aber. Kommen wir zur Sache und damit zu Euch!

Seneca: In der Tat war Natalis im Namen Pisos bei mir. Ich habe Piso meiner angegriffenen Gesundheit und meines fortgeschrittenen Alters wegen nicht empfangen können. Was sich jetzt offenbar in Rom abgespielt hat, geschah ohne meine Kenntnis und mein Zutun. Das ist die Wahrheit und der Kaiser sollte meine Liebe zur Wahrheit kennen!

Gavius Schlägt die Hacken zusammen. Was Eure Liebe zur Wahrheit betrifft, so kann diese keiner besser beurteilen als der Kaiser. Ich werde unverzüglich in die Hauptstadt reiten und ihm Bericht erstatten. Meine Leute werden Eure Villa derweil bewachen. Ich bin sicher, Ihr werdet wieder von uns hören.

Noch am gleichen Tag kehrt Gavius spät am Abend zurück, steigt vom Pferd, betritt aber zum Erstaunen Senecas und seiner Gäste das Haus nicht mehr. Stattdessen gibt er einem

Untergebenen den Befehl, dieser solle ins Haus gehen und dem Hausherrn den Befehl des Kaisers übermitteln. Der Offizier kommt entschlossen auf Seneca und dessen Gäste zu, die gemeinsam ausgeharrt haben.

Offizier: Ihr seid Annaeus Seneca?

Seneca: Dein Vorgesetzter, der da draußen vor dem Haus wartet, könnte es dir bestätigen, wenn er sich herein traute.

Offizier: Dann soll ich Euch vom Kaiser mitteilen, er möchte unbedingt die Hinrichtung eines alten Freundes vermeiden. Es wäre deshalb das Beste für alle, wenn ihr selbst handelt! Seid vernünftig: Hunderte haben an diesem Tag bereits Hand an sich gelegt. Viele werden noch folgen!

Der Offizier wendet sich ab und geht wortlos nach draußen.

Vor dem Haus trifft der Offizier, was Seneca und seine Gäste vom Speiseraum aus beobachten, auf seinen Vorgesetzten Gavius und erstattet ihm Bericht. Gavius schickt den Untergebenen mit energischer Geste erneut nach drinnen.

Offizier: Mein Befehl lautet: Ich soll genau beobachten, was hier vor sich geht! Und ich muss darauf bestehen, dass Ihr dem Befehl des Kaisers in der gebotenen Eile nachkommt, Seneca.

Seneca:	Eile mit Weile. Freunde reicht mir mein Testament. Ihr findet es in dem Schränkchen dort drüben.

Der Offizier eilt nach draußen, kommt aber schnell zurück.

Offizier:	Das mit dem Testament wird nichts! Das muss ich unterbinden, Seneca. Befehl ist Befehl!
Eudoxus:	Von wem? Von dem da draußen?
Offizier:	Du hältst dich da raus, Bursche! Sonst findet sich auch für dich eine geeignete Remedur! Anordnung: Seneca darf nichts schriftlich verfassen. Damit sind wir heute schon einmal reingefallen. Es ging um den Petronius, den einstigen Zeremonienmeister des Kaisers. Auch so ein übles Subjekt aus dieser Gruppe!
Seneca:	Mit diesem leichtlebigen Müßiggänger möchte ich nur ungern verglichen werden! Doch was werft ihr ihm vor?
Offizier:	Er hat, weil ihn die Soldaten nicht aufmerksam bewachten, noch im Sterben ein Pamphlet über angebliche Laster des Kaisers verfasst!
Seneca:	Angebliche?
Offizier:	*Unwillig.* Verfasst hat er so etwas und ist danach seelenruhig aus dem Leben geschieden, als würde er vom Speiseraum ins Schlafgemach wechseln. So etwas darf sich hier nicht wiederholen!

Seneca: Meinst du jetzt das Pamphlet oder die Art und Weise des Sterbens?

Der Offizier wirft ihm einen tadelnden Blick zu. Da beobachtet er, wie Senecas Gemahlin Pompeia Paulina Vorkehrungen trifft, sich die Adern aufzuschneiden. Er eilt erneut nach draußen, kommt aber noch schneller als beim vorigen Mal zurück.

Offizier: Das muss ich unbedingt verhindern, Pompeia Paulina! Der Kaiser, sagt mein Vorgesetzter, hat ausdrücklich befohlen: Nur Seneca und sonst niemand in diesem Haus! Vor allem keine Märtyrer schaffen! Ich muss Euch in einen anderen Raum bringen und überwachen lassen!

Gehilfen des Offiziers führen Pompeia Paulina, die sich heftig wehrt, ab. Der Offizier selbst beobachtet ungeduldig Seneca, der sich einen Schierlingsbecher hat reichen lassen. Als sich selbst nach längerer Zeit noch keine Wirkung zeigt, geht der Offizier sichtbar unzufrieden nach draußen. Währenddessen bringen Eudoxus und Syrus auch Seneca in einen angrenzenden Raum. Dann kommt der Offizier mit neuer Order zurück.

Offizier: Aufgeregt. Wo ist Seneca?

Eudoxus: Er ließ sich von uns ins Schwitzbad bringen. Das Gift wirkte bei ihm nicht recht. Seine Adern, sein Alter eben!

Offizier: Meinem Vorgesetzten gefällt das alles nicht! Er sagt, es gibt, beim Herakles, probatere und schnellere Wege zu sterben. Ganz und gar aber gefällt ihm nicht, dass euer Herr den Abgang zum Spektakel macht und den Tod des ... wie heißt der Kerl noch mal?

Eudoxus: Ihr meint den Sokrates?

Offizier: Eben, von dem spreche ich doch! Dass er sich diesen Sokrates zum Vorbild nimmt. Solche Inszenierung geht nicht, sie darf auf keinen Fall nach draußen dringen! Deshalb jetzt: Schluss mit diesen Spielchen, sonst wird es hier für alle ernst! Lasst euch was Wirksameres einfallen!

Der Offizier geht erneut nach draußen, kehrt aber etwas später zurück, um den Fortschritt zu überwachen. Eudoxus erklärt ihm, dass das Gift und die geöffneten Adern inzwischen zu Senecas Tod geführt haben. Von dem Offizier scheint eine Last abzufallen. Er ruft nach kurzem, prüfendem Blick in das angrenzende Schwitzbad hörbar erleichtert seinen Vorgesetzten Gavius ins Haus. Der kommt erwartungsvoll herein.

Offizier: Melde gehorsam: Unternehmen ist geglückt. Weil das Gift nicht recht wirken wollte, haben die Diener Seneca auf seinen Befehl hin ins Schwitzbad gebracht. Dort hat das Gift endlich gewirkt oder er ist ganz einfach erstickt. Habe das bereits überprüft. Ich habe auch den Anwesenden gedroht, wenn ihnen ihr Leben lieb ist,

	darf nicht das kleinste Detail nach draußen gelangen. Einer der Vertrauten dieses Seneca … Zu Eudoxus. Wie ist dein Name?
Eudoxus:	Eudoxus!
Offizier:	Also dieser Eudoxus versprach, den Leichnam, so wie es Senecas Wunsch war, noch in dieser Nacht zu verbrennen und die Überreste in einer Urne zu bergen.
Gavius:	Perfekt, das ist ganz in unserem Sinne! Mir fällt ein Stein vom Herzen, dass wir diesen Auftrag so reibungslos erledigen konnten. Die Wachen lassen wir noch am Haus, damit vorerst keiner nach draußen oder hineingelangt. Was uns betrifft: Lass uns nach Rom reiten und dem Kaiser und seinen Vertrauten diesen Erfolg melden! Ich bin sicher, es warten eine Auszeichnung, aber auch viele neue Aufträge auf uns. Im Weggehen wendet er sich nochmals an Eudoxus. Und du besorgst, wenn dir dein Leben lieb ist, umgehend, was du versprochen hast!

XIV

Epilog

Keiner weiß genau, wie viele Hunderte Nero zusammen mit seinem Günstling, dem zu allem bereiten Gardepräfekten Tigellinus, hat umbringen oder in den Tod treiben lassen. Dabei wirkten auch solche mit, die zuvor auf der Seite der Verschwörer standen; sie zogen den Kopf aus der Schlinge, indem sie sich mit der Beschuldigung Beteiligter wie auch Unbeteiligter überboten.

Nero überlebte dies gewaltige Blutvergießen drei Jahre. Er wechselte in der Folge zwischen Ausschweifungen jeder Art und grausamen Exzessen, mal trieb ihn der Größenwahn, ein andermal der Verfolgungswahn. Dann kam es zu einer neuen Revolte, die diesmal von Truppenkommandanten an den Rändern des Imperiums ausging. Nero begab sich, als auch die Garde von ihm abfiel, hilflos und in Panik auf die Flucht. Im Haus eines seiner Freigelassenen versteckt erfuhr er schließlich, dass der Senat ihn zum Staatsfeind erklärt hatte. Als die Soldaten angeritten kamen, die ihn lebend ergreifen sollten, nahm er sich mit Hilfe dieses Vertrauten das Leben.

Der historische Hintergrund

Lucius Annaeus Seneca wurde um die Zeitenwende im spanischen Cordoba geboren, wuchs jedoch in Rom auf. Bekannt war er als Redner und Verfasser von Dramen, die Nachwelt kennt ihn vor allem als Verfasser zahlreicher Schriften, die von der richtigen moralischen Entscheidung und deren Umsetzung im Alltag handeln. Früh schon an philosophischen Fragen interessiert, orientierte er sich vornehmlich an der Schule der Stoiker. Vertreter dieser Schule beschäftigten sich hauptsächlich mit Fragen der Ethik. Eines ihrer Grundanliegen war, mittels souveräner Haltung den äußeren Dingen gegenüber innere Ruhe und Unabhängigkeit zu gewinnen. Andererseits proklamierten sie die Verpflichtung, sich aktiv an der politischen Gestaltung des Gemeinwesens zu beteiligen. Wie viele Römer der sozialen Oberschicht sprach dies auch Seneca an; in jungen Jahren war er einer betont asketischen Strömung dieser Schule gefolgt.

Im Zusammenhang mit einer Hofintrige wurde Seneca im Jahre 41 n. Chr. von Kaiser Claudius auf das unwirtliche Korsika verbannt, wo er acht Jahre ausharren musste. Dann wurde er überraschend von Agrippina der Jüngeren, die inzwischen Claudius' Gemahlin geworden war, zurückgerufen: Seneca sollte als Erzieher ihren Sohn Nero auf die Thronfolge vorbereiten. Als Nero im Jahre 54 mit siebzehn Jahren die Nachfolge von Kaiser Claudius antrat, bestimmte Seneca zusammen mit dem Präfekten der Leibgarde, Sextus Afranius

Burrus, für mehr als ein halbes Jahrzehnt erfolgreich die Politik des Weltreiches.

Andererseits müssen Neros Erziehung sowie die leitende Position am Hof Seneca, der sich auch in dieser Zeit intensiv mit Fragen der richtigen Lebensweise auseinandersetzte, einiges an Selbstverleugnung abverlangt haben. Nero war mehr an seinem Auftreten als Künstler sowie an einem ausschweifenden Leben interessiert als an dem, was seine Rolle als Thronfolger und späterer Kaiser vorsah. Außerdem setzte die ehrgeizige und machtbesessene Agrippina nicht anders als ihr Sohn Nero bedenkenlos den Mord als Waffe gegen diejenigen ein, die ihren Plänen im Weg standen: Es kam zum Gatten-, Bruder- und sogar Muttermord. Dass Seneca zu diesen Verbrechen im Sinne der Staatsraison zumindest öffentlich schweigen musste, brachte ihm durch kaiserliche Schenkungen ein enormes Vermögen ein; er wurde zu einem der reichsten Männer des Imperiums. So konnten Anfeindungen nicht ausbleiben angesichts zahlreicher Schriften, in denen er den Anspruch erhob, den Leser zu einem moralisch verantwortbaren und von den materiellen Dingen unabhängigen Leben zu führen.

Als im Jahre 62 sein Mitstreiter Burrus starb, bot Seneca Nero den Rücktritt und die Rückgabe aller Schenkungen an; der Kaiser ging darauf nicht ein. Seneca zog sich daraufhin auf ein Landgut in der Nähe Roms zurück und widmete sich intensiv seinen philosophischen Studien und Schriften. Drei Jahre später kam es zu einer Verschwörung gegen Nero, die blutig niedergeschlagen wurde. Seneca wurde wohl zu Unrecht der aktiven Teilnahme beschuldigt und musste auf Weisung seines einstigen Zöglings Selbstmord begehen.

Glossar zu den historischen Personen und Begriffen

Acte Claudia Acte; sie kam wohl als Sklavin aus der Provinz Asia, war später Freigelassene des Kaisers Claudius, schließlich Geliebte Neros, derentwegen er seine Gattin Octavia verschmähte.

Ager Vaticanus Auf dem *vatikanischen Feld* wurde unter Kaiser Caligula ein Circus angelegt. Über dem dort vermuteten Grab des Apostels Petrus entstand später der Petersdom, im späten 14. Jahrhundert der Sitz des Papstes und der Kurie.

Agrippina Agrippina die Jüngere, Angehörige der julisch-claudischen Dynastie, Gattin des Kaisers Claudius und Mutter Neros.

Albaner Berge Ein Gebirgsmassiv etwa 20 km südöstlich von Rom.

Aleria Ursprünglich *Alalia*; Hafenstadt und Sitz des Provinzstatthalters der röm. Provinz Corsica (*et Sardinia*).

Alexander der Große (356 – 323 v. Chr.) Sohn Philipps II. und König von Makedonien. Der Vater hatte den Philosophen Aristoteles damit beauftragt, sich um die schulische Ausbildung seines Sohnes Alexander zu kümmern.

Anicetus Ein Freigelassener, der zum Befehlshaber der römischen Flotte in Misenum aufstieg. Er war wohl in Neros Kindheit auch mit dessen Erziehung beauftragt.

Antisthenes Ein griechischer Philosoph des 5. / 4. Jhdts. v. Chr., Schüler des Sokrates, wesentlicher Teil seiner Philosophie war das Streben nach Bedürfnislosigkeit, womit er zu einem Wegbereiter des Kynismus wurde.

Antium Heute *Anzio*, ein in der Antike beliebter Badeort, etwa 60 km südlich von Rom.

Aristoteles (384 – 322 v. Chr.) Einer der einflussreichsten griechischen Philosophen, der von Philipp II. von Makedonien beauftragt wurde, die Erziehung seines Sohnes Alexander zu leiten.

Armenien Die Oberhoheit über dieses Königreich war zwischen den Parthern, einem iranischen Volk, und dem römischen Imperium lange umstritten. Nach kurzem Krieg sah ein Kompromiss im Jahre 66 n. Chr. vor, dass die Parther den König bestimmen, er aber vom römischen Kaiser eingesetzt werden müsse. Unter Trajan (114 n. Chr.) war Armenien für kurze Zeit römische Provinz.

Artemis-Priesterin Artemis (lat. *Diana*) ist nach der griechischen Sage Tochter des Zeus und der Leto. Ein wichtiges Attribut dieser Göttin ist die Jungfräulichkeit, die auch von ihren Anhängerinnen erwartet wurde.

Baiae Stadt am Golf von Neapel, beliebter Freizeit- und Erholungssitz der römischen Oberschicht, die hier zahlreiche Villen besaß.

Bauli Ein unweit von Baiae gelegener Ort mit vergleichbarer Bedeutung.

Bettelphilosophen Oft Anhänger der kynischen Philosophie – aber auch anderer philosophischer Richtungen –, die durch das römische Reich zogen, ihre Lehre vortrugen und mit Interessierten disputierten. Auch Seneca nahm immer wieder an solchen Disputationen teil.

Boudicca Gattin des Prasutagus, des Königs der keltischen Icener in Britannien; er war zugleich römischer Klientelkönig. Nach dem Tod ihres Mannes übernahm Boudicca die Königsherrschaft, was die Römer nicht akzeptierten. Als Heerführerin zog sie daraufhin mit einem Gefolge von angeblich 50 000 Mann gegen die Römer in den Krieg. Dabei wurden bedeutende römische Veteranenkolonien – u. a. das heutige Colchester und London – zerstört, die Einwohner getötet. Boudicca unterlag schließlich (60/61 n. Chr.) mit ihrem Gefolge der militärisch weit überlegenen Macht des römischen Statthalters und Kommandeurs Gaius Suetonius Paulinus.

Britannicus Tiberius Claudius Caesar Germanicus, Sohn des Kaisers Claudius und dessen dritter Frau Valeria Messalina; den Beinamen *Britannicus* bekam er 43 n. Chr. anlässlich der Eroberung großer Teile Britanniens durch seinen Vater Claudius. Mit der Adoption Neros durch Kaiser Claudius wurde Britannicus Neros (jüngerer) Bruder. Er wurde wohl auf Betreiben Neros ermordet.

Burrus, Sextus Afranius (gest. 62 n. Chr.) Ein römischer Ritter und Präfekt der kaiserlichen Leibgarde, der Prätorianer; er führte nach Neros Herrschaftsantritt lange Jahre zusammen mit Seneca die Staatsgeschäfte.

Caligula (12 – 41 n. Chr.) Eigentl. Gaius Caesar Augustus Germanicus, posthum bekannt unter dem Namen *Caligula*, Nachfolger des Kaisers Tiberius und Vorgänger des Kaisers Claudius.

Cicero Marcus Tullius Cicero (106 – 43 v. Chr.) Ein römischer Schriftsteller, Politiker, Anwalt, und Philosoph der ausgehenden Republik.

Circus Maximus So heißt der größte römische Circus. Ein Circus war ein Veranstaltungsort für Wettkämpfe, vornehmlich für Wagenrennen.

Claudius Tiberius Claudius Caesar Augustus Germanicus (10 v. Chr. – 54 n. Chr.). Er wurde nach Caligulas Ermordung überraschend zum Kaiser ausgerufen. Claudius litt wohl unter allerhand physischen Gebrechen und gab deshalb bei öffentlichen Auftritten ehr eine komische Figur ab. Nach verschiedenen antiken Quellen wurde er auf Betreiben seiner Frau Agrippina ermordet. Unter Claudius wurde Seneca 41 n. Chr. nach Korsika verbannt.

Corbulo Gnaeus Domitius Corbulo, ein erfolgreicher Feldherr in Germanien, später in der röm. Provinz Asia und in der Auseinandersetzung mit den Parthern um Armenien. 67 n. Chr. wurde er wohl wegen seines hohen Ansehens von Nero zum Selbstmord gezwungen.

Domitia Sie war das älteste Kind Antonias der Älteren und des Konsuls Lucius Domitius Ahenobarbus; sie wurde vielleicht des Erbes wegen auf Veranlassung Neros oder seiner Mutter ermordet.

Epicharis Sie war eine Freigelassene und vermutlich Prostituierte, die in der sog. Pisonischen Verschwörung eine Rolle spielte.

Eurydike vgl. Orpheus

Fama Sie ist in der Mythologie das personifizierte *Gerücht*.

Forum Ein zentraler Platz einer römischen Stadt; in Rom gab es davon mehrere. Solche Plätze dienten als politischer Versammlungsort, oft auch als Gerichtsstätte, weshalb das Forum auch Ort der öffentlichen Rede ist.

Gaius Octavius ein römischer Ritter, Vater des Augustus.

Gavius Silvanus Ein Offizier der Prätorianergarde, war ursprünglich wohl an der Pisonischen Verschwörung beteiligt; er musste Seneca das Todesurteil überbringen.

Germanicus Nero Claudius Germanicus, bekannt durch seine Feldzüge in Germanien. Er war Großneffe des Kaisers Augustus und Vater des Kaisers Caligula, aber auch von Agrippina d. Jüngeren, der Mutter Neros.

Helvetier Ein keltisches Volk, das im heutigen Südwestdeutschland und in Teilen der Schweiz siedelte. Auf der Suche nach neuen Siedlungsgebieten (58 v. Chr.) wurden die Helvetier von Caesar vernichtend geschlagen.

Icener Ein keltischer Volksstamm in Britannien.

Imperator Caesar Divi filius Divus Augustus, die offizielle Titulatur des Kaisers Augustus.

Julia Tochter des Augustus und dessen zweiter Frau Scribonia. Sie wurde 2 n. Chr. auf die Insel Pandateria verbannt, weil ihr freizügiger Lebensstil nicht zur strengen Sittenpolitik ihres Vaters passte; sie wurde aber später begnadigt.

Jupiters Schwächen Dem Göttervater Zeus bzw. Jupiter werden in griechischen Mythen allerhand Abenteuer mit sterblichen Frauen nachgesagt. Aus diesen Verbindungen gingen so berühmte Kinder wie Herakles hervor.

Kampanien Eine Region im südlichen Italien, die über die Via Appia mit Rom verbunden ist. „Hauptstadt" der Region ist Neapel. In Kampanien liegen die für die römische Oberschicht wichtigen Orte Baiae und Bauli.

Klienten Freigelassene und Schutzbefohlene eines römischen *Patronus*, der sich um diese kümmerte und ihre Interessen vertrat. Im Gegenzug mussten Klienten für ihren Patron zahlreiche Dienste versehen, in der Regel ihm auch am Morgen die Aufwartung machen.

Kline Eine Liege, auf der man sich beim Gastmahl lagerte.

Korsika vgl. Aleria

Locusta Eine berüchtigte Giftmischerin, die sowohl Nero als auch dessen Mutter bei Bedarf mit Gift versorgt haben soll.

Lusitanien Eine römische Provinz der Kaiserzeit, die zu größeren Teilen mit dem heutigen Portugal identisch ist.

Messalina Valeria Messalina, die dritte Frau des Kaisers Claudius, Mutter des Britannicus und der Octavia, der späteren Frau Neros. Messalina war wegen ihres ausschweifenden

Lebens berüchtigt; auf ihren Einfluss geht wohl Senecas Verbannung nach Korsika zurück.

Misenum Ein Ort am Golf von Neapel, der Hauptstützpunkt der römischen Kriegsflotte.

Muse des tragischen Liedes Die Musen sind nach der griechischen Mythologie die Göttinnen der Künste. Sie sind jeweils für unterschiedliche Künste oder Wissensgebiete zuständig.

Narcissus ...Freigelassener des Kaisers Claudius, der es zu großem Einfluss und Reichtum brachte; er wurde auf Betreiben von Agrippina d. J., deren Feindschaft er sich zugezogen hatte, hingerichtet.

Natalis Antonius Natalis: Nach Tacitus war er in die Pisonische Verschwörung eingeweiht und soll angesichts der drohenden Folter neben anderen auch Seneca als Beteiligten an der Verschwörung gegen Nero im Jahre 65 n. Chr. bezichtigt haben.

Nero (37 – 68 n. Chr.) ... Nero Claudius Caesar Augustus Germanicus, ursprüngl. Lucius Domitius Ahenobarbus, Sohn des Gnaeus Domitius Ahenobarbus und der Iulia Agrippina, einer Schwester des Kaisers Caligula. Nero wurde 50 n. Chr. von Kaiser Claudius auf Betreiben von dessen Gemahlin Julia Agrippina adoptiert.

Niobe Eine Gestalt des Mythos, die zur Strafe für ihren Hochmut gegenüber der Göttin Diana versteinert wurde.

Nomentum Ein Ort etwa 30 km nordöstlich von Rom.

Obolus (im übertragenen Sinne) ein kleiner Geldbetrag

Octavia Claudia Octavia, Tochter des Kaisers Claudius und seiner Gattin Messalina. Um sie 53 n. Chr. mit dem von Kaiser Claudius adoptierten Nero verheiraten zu können, wurde sie formal von einem Octavier adoptiert. Im Jahre 62 n. Chr. wurde sie von Nero geschieden, nach Pandateria verbannt und dort ermordet.

Orpheus Ein berühmter Sänger des griechischen Mythos, dem es beinahe gelang, durch seinen bezaubernden Gesang seine verstorbene Frau Eurydike wieder aus der Unterwelt zu befreien. Da er sich jedoch an eine Abmachung nicht hielt, musste Eurydike in die Unterwelt zurück.

Ostia Bedeutende Hafenstadt des antiken Rom, etwa 25 km von Rom entfernt an der Tibermündung.

Ovid Publius Ovidius Naso, einer der großen klassischen Dichter Roms; sein bekanntestes Werk sind die Metamorphosen, das Buch der *Verwandlungen*, das u. a. vom Schicksal der Niobe (s. o.) berichtet.

Palatin Ein Hügel Roms, auf dem sich die Kaiserpaläste befanden.

Panaitios Einer der wichtigsten Philosophen (180 - 110 v. Chr.) der Stoischen Schule.

Pandateria Eine der pontischen Inseln im Tyrrhenischen Meer, sie diente den römischen Kaisern als Verbannungsort

Parther Volk im heutigen Nordwestiran; das Partherreich lag lange mit Rom im Streit um die Vorherrschaft über Armenien.

Peristyl Säulenumgang um den Innenhof eines römischen Hauses

Piso Gaius Calpurnius Piso, ein Angehöriger der römischen Oberschicht, der im Jahre 65 n. Chr. von den Verschwörern gegen Nero als Anführer und möglicher Nachfolger Neros vorgesehen war. Er agierte wenig geschickt und wurde als einer der Verschwörer hingerichtet.

Pompeia Paulina Zweite Gemahlin Senecas, die den erzwungenen Tod ihres Gatten überlebte.

Poppea Sabina Zweite Frau Neros, ursprünglich verheiratet mit Marcus Salvius Otho, der ihretwegen als Statthalter nach Lusitanien geschickt wurde, damit der Weg für die Ehe Neros mit Poppea Sabina frei wurde. Otho wurde 69 n. Chr. für 3 Monate römischer Kaiser.

Präfekt In der Kaiserzeit eine Person, die mit einer leitenden Aufgabe im Militär oder der Verwaltung beauftragt war. Der Prätorianerpräfekt ist der Befehlshaber der kaiserlichen Garde.

Prätor Ein dem Konsul nachgeordneter, ebenfalls ranghoher römischer Amtsinhaber mit besonderen Befugnissen u. a. in der Gerichtsbarkeit.

Prasutagus Ein Stammesführer der britannischen Icener und Klientelkönig Roms; nach seinem Tod versuchte seine

Gemahlin Boudicca die Herrschaft zu übernehmen, was zu einer blutigen Auseinandersetzung mit den Römern führte.

Purgativum Ein Mittel das die Verdauung erleichtern soll.

Salvius Otho (vgl. Poppea Sabina)

Senat Eine Versammlung ehemaliger Amtsträger, der Senatoren, die beratende Funktion hatten, tatsächlich aber im republikanischen Rom die Macht ausübten. In der Kaiserzeit verlor der Senat weitgehend seine Macht, auch wenn dessen Mitglieder nach wie vor angesehen waren.

Seneca Lucius Annaeus Seneca (~ 1 bis 65 n. Chr.) bedeutender Schriftsteller, Politiker und Philosoph der römischen Kaiserzeit, Erzieher Neros. Senecas philosophische Schriften beschäftigen sich vornehmlich mit Themen der Ethik. Er propagiert darin die Geringschätzung materieller Dinge und die Konzentration auf die im moralischen Sinne richtige Lebensführung, wurde aber unter Nero zu einem der reichsten Männer Roms.

Stoiker Anhänger der hellenistischen Philosophenschule der Stoa, die besondere Anziehungskraft auf Teile der römischen Oberschicht ausübte. Sie nimmt ein den ganzen Kosmos steuerndes Vernunftprinzip an, das es zu erkennen und dem es sich zu unterwerfen gilt, sollen der einzelne wie auch die Gemeinschaft nicht scheitern. Seneca orientiert sich in seinen philosophischen Schriften eng – wenn auch nicht ausschließlich – an den Lehren der Stoa.

Suetonius Paulinus Statthalter und kommandierender Heerführer in Britannien, der 62 n. Chr. dank überlegener

Kampfestechnik den Aufstand der nur zahlenmäßig weit überlegenen britannischen Stämme unter Boudicca niederschlug.

Tiberius Tiberius Iulius Caesar Augustus (42 v. – 37 n. Chr.) war ab 14 n. Chr. als Kaiser Nachfolger des Augustus.

Tigellinus Ofonius Tigellinus, ab 62 n. Chr. Präfekt der Prätorianergarde, trug wohl erheblich zur Entfremdung zwischen Nero und Seneca und damit zu Senecas Fall bei.

Titus Petronius Titus Petronius Arbiter, der Autor des satirischen Romans *Satyricon*, bekannt als gebildeter Lebemann, der zeitweise zu Neros Vertrauten gehörte, aber wohl unter dem Einfluss des Tigellinus dem Kreis der Verschwörer zugerechnet wurde; er musste sich ebenso wie Seneca auf Neros Geheiß das Leben nehmen.

Toga Kleidungsstück des römischen Bürgers bei öffentlichen Auftritten. Darunter und bei privaten Gelegenheiten trug man nur die hemdartige und bequemere Tunica.

Trinobanten Keltischer Volksstamm in Britannien, Teilnehmer an Boudiccas Aufstand

Tyrrhenisches Meer der westlich der Apenninhalbinsel gelegene Teil des Mittelmeeres, in dem auch die Inseln Korsika und Sardinien liegen.

Vergil Publius Vergilius Maro, neben Ovid und Horaz einer der drei großen Dichter der ausgehenden Republik in Rom.

Vergöttlichung   Sie wird auch als Apotheose bezeichnet. Verbunden damit ist die Vorstellung, dass verstorbene Herrscher nach ihrem Tod unter die Götter aufsteigen. Sie genossen danach entsprechende Verehrung.

Via Appia   Die 540 km lange und im 4. Jhdt. v. Chr. begonnene Straße, die von Rom nach Süden bis Brindisi führt, ist eine der wichtigsten Landverbindungen im südlichen Italien.

Vologaeses   ein Herrscher der Parther, mit dem die Römer im 1. Jhdt. n. Chr. um den Einfluss in Armenien stritten

Von demselben Verfasser erschien zuletzt bei Tredition: *Verges-sen Sie Sokrates!*

Zeitfracht Medien GmbH
Ferdinand-Jühlke-Straße 7
99095 Erfurt, Deutschland
produktsicherheit@kolibri360.de